W0090362

*There are three rules for writing a novel.
Unfortunately, no one knows what they are.*

WILLIAM SOMERSET MAUGHAM

Inga Brock

Unklare Verhältnisse

Kurzgeschichten

Lindemanns Bibliothek

Inhalt

Alle beide 7

Grüne Briefe 10

Das hier ist für Mark 32

Herzklumpen..53

Herzklumpen II 64

Herzklumpen III...76

Herzklumpen IV... 89

Herzklumpen V 102

Unter den Linden...103

Beine wie Kastanienmännchen 110

Der Krötenkönig.. 122

Praktisch...129

Brav 134

Was in eine Kiste passt....................................146

Geld oder Sterben 159

Dass Liebe nicht endet 178

Als Baby fast gestorben 198

Autark.. 223

Geleit für den Doofen....................................... 227

Unklare Verhältnisse... 239

Alle beide

Vom Ufer aus konnte er nur einen kleinen Teil des Sees überblicken. Auf der gegenüberliegenden Seite wuchs Schilf. So viel konnte er erkennen. Linker Hand, nur ein paar Schritte entfernt, begann ein dichtes Waldstück. In die andere Richtung um den See herum lagen Kartoffel- und Rübenfelder, zumindest glaubte er das, und eine große Wiese, auf der Obstbäume standen. Es war schon sehr heiß, obwohl es noch nicht ganz Mittag war.

Sie hielten ihn für dämlich, das war klar. Und während sein Vater zusammen mit Frau Mohrmann, die wirklich dämlich war, in Richtung Lichtung verschwand, fragte er sich, wie viele Nachmittage lang er noch so tun sollte, als sei er wirklich so beschränkt, wie sein Vater glaubte. So wenig parteiisch. So wenig integer. Er wusste, was integer bedeutete. Er hatte es nachgeschlagen.

Er glotzte in den Himmel. Abgesehen davon, dass es ihn ärgerte, dass sie ihm nicht die Wahrheit sagten und dass er nicht verhindern konnte, wie schäbig sie seine Mutter betrogen, gefielen ihm diese Ausflüge

7

sogar. Auch wenn die Orte jedes Mal wechselten, bestand Frau Mohrmann darauf, dass sie mittags irgendwo zusammen einkehrten und „der Junge sein Eis" bekam. Anschließend spielten sie irgendwo Minigolf oder sie machten eine Bootsfahrt. Bei schlechtem Wetter gingen sie in Heimatmuseen oder zu Ausstellungen.

Frau Mohrmann war nicht nur dämlich, sie war auch kein bisschen hübsch. Fand er. Wenn sein Vater geschmacklose Witze erzählte, entblößte sie jedes Mal blöd kichernd ihr wulstiges Zahnfleisch, um den Zotenreißer gleich anschließend gespielt entrüstet zu tadeln und den Jungen zu fragen, ob er noch eine Tüte Erdnüsse wolle und wie er denn so in der Schule sei.

Der Junge warf ein paar Kieselsteine ins seichte Wasser. Die Lichtungen mochte er am liebsten, zu ihnen gehörten Wälder und zu den Wäldern gehörten Hochsitze. Kam noch ein See dazu wie an diesem Tag, dann traf sich das besonders gut, dann wurde der Hochsitz zum Ausguck eines Seeräuberschiffs. Auch wenn er dazu eigentlich schon zu alt war. Sah ja keiner. Oder er spielte Discovery Channel und beobachtete Graureiher und Enten und gab dazu laut Kommentare ab. Hörte ja keiner.

Draußen war es eigentlich immer schön. Richtig schlimm war es nur, wenn sie in öffentlichen Toilet-

8

ten verschwanden, weil es regnete, und er frierend unter dem Dach einer Bushaltestelle warten musste. Oder wenn sich sein Vater während der Autofahrt nicht beherrschen konnte und Frau Mohrmann zwischen die Beine griff, immer dann, wenn er dachte, der Junge schaue aus dem Fenster oder döse vor sich hin. Irgendwann war es dem Vater wohl auch egal, was der Junge mitbekam. Manchmal überlegte er sich, ob er nicht einfach aus dem fahrenden Auto springen sollte.

Der Junge ging den Steg entlang und spuckte ins Wasser. Der Schleimbatzen bewegte sich nicht von der Stelle. Er sah auf und beobachtete die beiden, wie sie vom Waldrand her auf ihn zukamen. Sein Vater winkte und Frau Mohrmann sah schon von Weitem verheult aus. Es war auch schneller gegangen als sonst.

Als sie später zu zweit in die Wohnung kamen, war seine Mutter am Marmeladekochen. Sie summte vor sich hin und drückte den Jungen zur Begrüßung fest an sich, während der Vater wortlos im Wohnzimmer verschwand. Der Junge schaute seine Mutter an, so erleichtert, so glücklich, so dankbar. Er konnte mal wieder nicht fassen, dass sie noch da war und dass in der Diele kein Abschiedsbrief gelegen hatte: „Ihr könnt mich mal, alle beide!"

Wie gut sie roch. So sehr gut.

9

Grüne Briefe

Die Oma ist verliebt. Zum ersten Mal in ihrem Leben. Sie wird im November fünfundachtzig Jahre alt und es steht zu befürchten, dass es kein Happy End geben wird.

Der kleine Bäckerladen und die Metzgerei sind noch da, aber alles andere hat sich verändert. Jetzt gibt es einen Getränkemarkt, eine Tankstelle, einen Laden für Geschenkartikel, einen Pennymarkt und ein Ärztehaus, einschließlich Hörgeräteakustiker. Der Wald scheint geschrumpft zu sein und ist es tatsächlich. Stürme haben klafterweise Bäume umgeknickt und andere wie einsame Zahnstocher stehen lassen. Sie sehen aus, als warteten sie auf eine Ablösung oder irgendeine Art Wiedergutmachung. Auf den Windwiesen drängt sich ein winziges Einfamilienhaus ans nächste, architektonisches Kraut- und Rübenallerlei. Der Waschbach ist verschwunden und die kleinen Kinder, die ihn jahrzehntelang als ihr Eigentum betrachtet hatten, stapfen heute über mit Rindenmulch gepolsterte Spielplätze, die eingezäunt sind wie Gefangenenlager.

Jedenfalls: Bis zum Waschbach ist die Oma nur noch sehr selten gegangen, auch schon vor zwanzig Jahren. Der Weg war zu weit und der Boden zu uneben.

Auf einer alten Wanderkarte hatte der Opa einen roten Kreis um das Symbol einer uralten Eiche gemalt, die mitten auf den Windwiesen stand. „Naturbesonderheit" steht in der Legende.

„Gibt es die denn noch?", fragt die Oma.

„Ja", sagt die Enkeltochter und lächelt. Ohne mit der Wimper zu zucken.

Die Oma, die sie vor sich sieht, wenn sie an „die Oma" denkt, stammt aus den späten Siebzigern. Sie trägt braune Kleider und glockige Blumenröcke, baumelnde Granatohrringe und mehrere lange Goldketten, die über ihrem großen Busen sanft hin- und herbaumeln. Ihre Haare sind weißblond, ganz fein und toupiert, die hellen, schmalen Augenbrauen mit einem schwarzen Stift übermalt. Auf den gelbstichigen Fotos aus dieser Zeit, die alle bei festlichen Anlässen aufgenommen wurden, reicht sie Platten mit Kroketten und Dosenerbsen weiter. Oder sie prostet dem Fotografen zu oder sie schaut den Opa tadelnd an. Auf einem raucht sie Zigarre. Entspannt zurückgelehnt und mit geschlossenen Augen.

11

Die Oma von heute wäre sehr gerne die Oma von damals. Vermutlich. Immer, wenn die Enkeltochter sie besucht, erschrickt sie ein bisschen, sobald die Oma die Tür aufmacht. Sie ist so klein geworden und krumm, die Haut ganz runzlig und die Hände wie kleine Klauen. Nur die Augen sind unverändert. Blau.

Sie stellt Schweinsöhrchen auf den Tisch.

„Die magst du doch am liebsten." Das Missverständnis ist schon so alt, dass es nicht mehr zu klären ist.

Außerdem gibt es Salzstangen, Paprikachips, belgische Waffeln, Weingummi und eine Familienpackung Lakritzkonfekt.

„Kommt noch jemand?" Der alte Spruch.

„Nur du." Ihr glückliches Lächeln. So stolz und verschwörerisch.

„Den Rest nimmst du nachher einfach mit."

Sie geht zum Kühlschrank und kommt mit einer gekühlten Flasche Sekt zurück.

„Machst du sie für uns auf?" Sie setzt sich der Enkeltochter gegenüber und schiebt ihr ein Glas zu. Es steht auf einem runden Korkuntersetzer und gehört zum „guten Service". Sie überreicht der Enkeltochter noch ein Päckchen, eine flache Schachtel in Geschenkpapier.

„Oma, jetzt reicht's aber." Entrüsteter Tonfall.
„Du hast's verdient."

Es ist die Packung mit Pralinen, die ihr die Enkeltochter das letzte Mal mitgebracht habe. Das ist ihr noch nie passiert.

Auf Fotos von früher ist die Oma die drallere und fröhlichere der beiden Zwillingsschwestern. Eindeutig ein „Männertyp". Die Tante dagegen wirkt sittsam wie die Rose aus dem Poesiealbumsspruch dieser Zeit. Die Art und Weise, wie die beiden sich ihre Männer ausgesucht haben, macht diesen Unterschied zur Nebensache. Elsa, die Tante, sagte: „Ich nehm' den Gustav." Da blieb für die Oma eben nur noch der Hans übrig. Und dabei hat sie noch froh sein können. Sagt sie selbst.

Während der letzten beiden Kriegsjahre war die Oma in Halle, „Landverschickung". Dort hat sie den Vater ihres Kindes kennengelernt – den leiblichen Großvater ihrer beiden Enkeltöchter. An seinen Vornamen kann sie sich nicht mehr erinnern, aber dass er sehr nett zu ihr gewesen ist, das weiß sie noch ganz genau. Aus dem Bayerischen stammte er und sah sehr gut aus.

Als sie, der Krieg war schon seit sechs Monaten zu Ende, im neunten Monat schwanger war und alles

Schnüren nichts mehr half, schickten sie ihre Eltern nach Bayern zum „Kindsvater". Im Lastwagen hat sie irgendein entfernter Bekannter mitgenommen; stundenlang, über Schlaglöcher ist sie gehoppelt und hat sich den Bauch gehalten.

Unter dem Herrgottswinkel der Bauersleute ließ man sie endlich vorsprechen.

Ja, ob sie denn nicht wisse, dass der Bub schon versprochen sei?

Dass er im Frühjahr die Tochter des Bürgermeisters heiraten werde?

Ob sie denn überhaupt sicher sei, wer ihr das Kind gemacht hätte?

Die Oma schämte sich.

„Kann ich ihn kurz sehen?"

Er sei gerade auf dem Feld und habe keine Zeit.

Ein Glas Wasser hat man ihr nicht angeboten.

Und da ist sie den ganzen langen Weg zurückgehoppelt, auf dem Lastwagen des Bekannten eines Freundes eines Nachbarn eines Freundes, dem das Ganze auch lästig war.

Sie auf der Ladefläche und der Georg in ihrem Bauch, kurz vor seiner Ankunft.

Erst hat sie sich nicht nach Hause getraut, aber ein Onkel hat vermittelt.

„Mein Lieblingsonkel", sagt die Oma. Der hieß auch Georg.

14

Die Mutter hat getobt und der Vater nur schweigend an die Wand gestarrt.

„Wenn schon, dann ein Mädchen. Ich habe immer ein Mädchen haben wollen. Ich war ja so entsetzt."

Die Oma ist immer noch entrüstet. Alle waren sie entsetzt: die Eltern, die mit dem Balg um Himmels Willen verschont werden wollten, die beiden Schwestern, die Zwillingsschwester und die kleinere, die nachts das Zetern anfingen, sobald der Georg zu weinen begann. Und dann haben die Eltern es doch versorgt, das Baby, und die Oma ist arbeiten gegangen. Immerhin: ins „Büro", Betonung auf der ersten Silbe.

„Angefleht haben sie mich, dass ich endlich heiraten soll." Zum Zeichen, dass sie es ernst meinten, habe ihr die eigene Großmutter den Kopf in der Küche gegen die Wand geschlagen. Verehrer habe sie ja gehabt, noch und noch. Aber der eine sei ihr zu alt gewesen, der andere zu schmierig. Der Ekel von damals schüttelt die Oma von heute durch.

„Widerlich, sage ich dir." Sie schenkt mit zitternder Hand Sekt nach.

„Und dann habe ich eben den Hans genommen."

Acht Jahre war da ihr Sohn. Und wahrscheinlich schon so gut wie verloren. Aber sie sieht das natürlich anders.

15

„Ich hab' mich halt aufgeopfert für den Georg."

Die dralle blonde Mutter und der fesche Hans, ein braungebrannter Pfadfinder, der das Herz auf dem rechten Fleck hatte. Seine Eltern hat die Oma gepflegt, in Frankfurt, jahrelang, bis sie endlich gestorben sind. Zwei böse Alte, die sie und den Georg höchstens verachtet haben. Wenn überhaupt.

Der Opa war Autosattler. Seine Hände, die Finger kurz und dick, sahen ganz danach aus, wie kleine dralle Würstchen, die beim Fäustemachen zu platzen drohten.

Als die Enkeltöchter klein waren, ließ er sie abwechselnd auf seinem Rücken reiten. Er, in blauer Trainingshose, mit weißem Feinrippunterhemd und schon sehr dickem Bauch, und die beiden Schwestern in Frotteeschlafanzügen, ganz aufgedreht und glücklich. Die Enkeltöchter haben gerne dort übernachtet, obwohl ihnen alles ein bisschen fremd war.

Wenn sie auf Opa Hans' Rücken saßen und ihm kichernd ein Zehnpfennigstück in die Ohrmuschel steckten, trug er sie auf allen Vieren den Flur rauf und wieder runter, ins schlauchig gebaute Badezimmer und wieder rückwärts raus, in die Küche, die Oma erschrecken und dann ins Schlafzimmer, Abwurf aufs Bett.

16

„Jetzt wird aber geschlafen."

Einmal hat sich die kleinere der beiden Enkeltöchter vor Lachen in die Schlafanzughose gemacht.

Im Schlafzimmer der Großeltern war alles dunkelblau. Die Vorhänge, der Teppich, die Tagesdecke, die Zierkissen. Der Farbton wirkte irgendwie unpassend, so als müsse er ungeheuer tapfer für etwas stehen, was die Großeltern ihr ganzes Leben lang entbehren mussten, eine merkwürdige Mischung aus Royalblau und Karstadttüte.

Es war kalt unter den Deckbetten. Die Enkeltöchter lagen Po an Po, bis es schön warm wurde.

Als der Georg also schon längst groß war und eine Frau und die beiden Töchter hatte, stand er jeden Sonntag mit seinen Lieben auf der Matte. Dann gab es Eierstichsuppe und anschließend Rinderbraten, abends Wurstplatten mit Fleischsalatfliegenpilzen, Schinkenröllchen und russische Eier, von allem immer viel zu viel. Die Oma von damals schien in ihrem Element zu sein. Mit dem Opa schimpfte sie manchmal.

Bei schönem Wetter und zwischen den Mahlzeiten gingen alle gemeinsam spazieren, in die Karlsruher Günther-Klotz-Anlage, wo sie anderen beim Ruderbootfahren zusahen. Der Weg dorthin, immer

17

an den gleichen Häusern entlang, war mit den immer gleichen Geschichten gespickt, die sich in den Häusern zugetragen haben sollten. In einem mit Parterrebalkon zur Straße hin, hatte ein alter Musiklehrer vom Opa gewohnt, den die Frau zum Geigespielen immer auf den Balkon geschickt hatte, dort die alte Frau Renz, die sich eines Tages auf dem Dachboden erhängt hatte. Die Leute fragten sich noch heute, wie sie das mit dem Knoten nur hinbekommen hatte, so schwer habe sie doch die Gicht gehabt in ihren Fingern. Da hatte die jüdische Familie gewohnt, dort der Onkel von dem, die Cousine von der und so weiter. Svenja war die kleinere der beiden Enkeltöchter, und sie liebte das. An den alten Musiklehrer vom Opa Hans denkt sie heute noch jedes Mal, wenn sie mit dem Auto durch die Yorckstraße fährt.

Der Opa hat die Geschichten immer angefangen, und die Oma hat sie zu Ende erzählt. Den Opa hat das geärgert.

Den beiden Enkeltöchtern war Regenwetter sonntags am liebsten. Dann unterhielten sich die Großen im Esszimmer. Der Opa schlief dabei fast jedes Mal ein. Er kippte auf dem kleinen Beistellsofa einfach zur Seite weg. Die Enkeltöchter hörten sein Schnarchen auch noch im Nebenzimmer, dem eigentlichen

18

„Wohnzimmer" mit Riesenschrankwand und Bordüren an den Kissen. Dort durften sie bis zum Abendessen fernsehen. „Bonanza", „Lassie", „Unsere kleine Farm", „Die Waltons". Die Oma bestückte den Couchtisch flächendeckend mit Süßigkeiten: Schaumerdbeeren von Haribo, Flips, Chips, Salzstangen, Brausetütchen und Katzenzungen.

Svenja war kein dickes Kind. Ihr wurde kein einziges Mal schlecht, obwohl sie sich ranhielt. Sie blieb Bohnenstange, bis sie 15 war, und John-Boy war ihre erste große Liebe.

Es klingelt. „Schwester Monika", sagt die Oma von heute und geht zur Tür.

„Ich komme schon", sagt sie beim Öffnen, „bin schon da."

Schwester Monika ist klein und stämmig und freundlich.

„Wie geht's, Frau Thienemann?", fragt sie und schiebt die Oma in Richtung Ohrensessel. Seit einem Jahr braucht sie Hilfe beim Anziehen der Stützstrümpfe, jeden Morgen.

„Meine Enkelin", sagt die Oma und nickt stolz in Richtung Esstisch.

„Hallo", sagt Schwester Monika, und gibt Svenja die Hand ohne sie anzusehen.

„Dann wollen wir mal."

Die Oma öffnet ihre Bundfaltenstoffhose und lässt sie runterrutschen. Die Enkeltochter schaut weg. Und wieder hin. Der Oma ist das nicht unangenehm. Halb nackt wirkt die Oma noch älter und hilfloser.

Es stört die Enkelin, dass jemand Fremdes die Oma anfasst.

Mit achtundsechzig Jahren ist die Oma zum ersten Mal gestürzt. „Typisch", hatte ihre Schwiegertochter, Georgs Frau, dazu nur gemeint.

„Was fährt sie auch extra mit dem Bus in die Stadt, nur um drei Orangen zu kaufen. Die hätten wir ihr doch auch mitbringen können."

Die Oma war aus dem Bus gestiegen und hatte fast schon mit beiden Füßen auf der Straße gestanden. Dann ist es passiert.

„Und immer voll aufs Gesicht, ausgerechnet." Die Schwiegertochter meinte es nicht so.

Als der Opa starb, hat die Oma ein Jahr lang Schwarz getragen. Im Dorf, im alten Dorf, das von den Zugezogenen auf den Windwiesen noch nichts gewusst hat, haben die anderen Frauen bis zu sieben Jahre Trauer getragen. Witwentracht.

Den Granatschmuck ließ die Oma im Kästchen liegen, und auch die Augenbrauen zog sie sich nicht mehr nach.

20

Bei der Beerdigung hat sich der Pfarrer vertan und den Großvater Otto genannt, nicht Hans.

„Otto Thienemann fuhr für sein Leben gerne Kanu." Mit achtzehn ist ihr Hans das letzte Mal mit dem Kanu unterwegs gewesen.

Die schönste Erinnerung an den Opa ist, wie er nach dem Essen (die Zeit der Russischen Eier ist längst vorbei und die beiden Enkeltöchter so gut wie aus dem Haus) in seiner Hemdtasche nach den Revals kramt. „Wer Reval raucht, frisst kleine Kinder", hieß es. Der Opa hätte eher sich selbst aufgefressen.

Die Schachtel hatte das gleiche Orange wie Creme 21. Sie war immer ganz zerknickt, wenn er sie aus seiner Brusttasche hervorholte. Dann strich er sie glatt, Tabak krümelte heraus und die Oma zog die Augenbrauen hoch.

„Kommst du mit rüber und erzählst mir von deinem neuen Freund?"

Svenja ging mit ihm zusammen ins andere Zimmer, wo sie ihm nicht von ihrem neuen Freund erzählte, sie hatte seit drei Jahren denselben und alle wussten das. Der Opa wollte eine von ihren Camels und sie eine von seinen Revals. Möglicherweise war er ein kluger Opa. Sie stießen den Rauch durch die Nasenlöcher aus, und er versuchte, ihr das Kringelmachen beizubringen. Die Eltern haben erst Jahre später mitbekommen, dass die jüngere Tochter raucht. Da war der Opa schon an Nierenversagen gestorben. Mit neunundsechzig Jahren auf der Krankenhaustoilette.

Fast bis zuletzt hat die Enkeltochter in seinem Gesicht erkennen können, wie gut er als junger Mann aussah.

Die Oma war sehr tapfer. Sie weinte, wenn sie alleine war. „Alleinstehend" war ab sofort wörtlich zu nehmen.

In dieser Zeit fingen die Gespräche an. Der Opa sei nie ein Kind von Traurigkeit gewesen, aber welcher Mann sei das schon.

„Vor allem die Männer meiner Generation."

Sie habe sofort gespürt, dass der Kollege in Freiburg gar kein Kollege gewesen sei.

„Ein Jahr lang hat er mich hinterher nicht mehr anfassen dürfen, nichts ist da mehr gelaufen."

Und noch immer kommen ihr, Triumph in der Stimme, die Tränen.

Einmal sagte sie ohne Einleitung und Umschweife: „Ich hatte noch nie einen Orgasmus."

Svenja erschrak nicht, es kam ihr ganz normal vor, dass sie auch darüber sprechen wollte. Sie wunderte sich nur darüber, dass die Oma den Begriff so selbstverständlich gebrauchte.

22

„Ich lag einfach nur da, und war froh, wenn es vorbei war."

Sie schob einen Teller mit Erdnüsschen zu ihrer Enkelin.

„Männer sind so", sagte sie und tat Svenja leid.

„Schmusen, das konnte dein Opa nicht."

Den Opa und die Oma hatte tatsächlich keine der beiden Enkeltöchter je miteinander schmusen sehen, den Vater und die Mutter aber auch nicht. Nur kopulieren.

An manchen Sonntagen wurden Ausflüge gemacht. Ohne die Eltern. Wenn sie mal Ruhe brauchten oder „was vorhatten". Dafür fuhr das Nachbarsehepaar der Großeltern mit; Kolonne bis in den Schwarzwald. Natürlich fuhren Lindenbergers voraus, schließlich hatte Herr Lindenberger einen cremeweißen Mercedes und der Opa nur einen alten Ford Taunus. Den Opa wurmte das, während Herr Lindenberger Zigarre paffte und ab und zu in den Rückspiegel winkte. Seine Frau war klein und drall und speckig. Sie lachte gäckernd, wie eine Ziege, und stellte hinter jeden Satz ein schwungvolles „gelt?".

Der Opa ließ sich seine gute Laune nicht nehmen, darum wurde im zweiten Fahrzeug lauthals gesungen: „Wenn die bunten Fahnen wehen", „My Bonnie is over the ocean", „Es saßen zehn Gestalten auf einem

23

Donnerbalken", „Ein belegtes Brot mit Schinken" und so weiter.

Die Oma und der Opa trugen Wanderkleidung, Lindenbergers auch, und natürlich: Spazierstöcke mit Wanderabzeichen aus dem Schönen Berner Oberland, dem Engadin und aus Kufstein. Wenn Herr Lindenberger beim Wandern zu singen anfing und die Mädchen zum Mitsingen ermunterte, blieben sie stumm wie Fische. Der Opa grinste.

Lindenbergers hatten keine Enkelkinder und mochten die beiden Schwestern. Jeder Ameisenhügel am Wegesrand bekam Lindenbergers Wanderstock zu spüren: Er setzte ihn jedes Mal direkt an der Spitze an und bohrte ihn schwungvoll und mit einer Drehbewegung so tief und fest hinein, wie es ging.

„Passt mal auf, was da jetzt gleich los ist." Er freute sich.

Dann der Standardspruch seiner Frau: „Ameisengift ist gut gegen Rheuma."

Seine Standardantwort: „Da weiß ich was Besseres." Zwinker, zwinker, erst zur Oma und dann zu seiner Frau, die gut gelaunt lachte und die beiden kleinen Mädchen an ihre bloßen, verschwitzten Arme drückte.

Ritte auf Opa Hans' Rücken fielen nach solchen Tagen aus, wurden am nächsten Morgen aber noch vor dem Frühstück nachgeholt.

24

Zuerst ist der Opa gestorben, dann die Frau Lindenberger, dann der Herr Lindenberger, und jetzt lebt nur noch die Oma.

Es ist passiert, als sie mal wieder stürzte. In der Stadt lag Schnee. An den Straßenecken türmten sich meterhohe Berge, die in der Nacht mit einer neuen Pulverschicht überzogen worden waren. Die Luft war eisig und der Himmel strahlend blau. Es war Anfang Dezember, die Leute waren in Weihnachtsstimmung und hatten noch nicht genug von Christkindlesmärkten, Weihnachtsbeleuchtung und verkleideten Nikoläusen. Die Stadtbediensteten in ihren orangefarbenen Anoraks hatten am Vorabend gründlich gestreut und am Morgen Schotter nachgeschaufelt.

Die Oma hatte gute Laune. Sie hatte bei der Metzgerei „Sack" ein Paar Wiener gekauft und sich schon auf den Kartoffelsalat gefreut, den sie später dazu bereiten wollte, mit Brühe und geschmelzten Zwiebelchen. Eine Fernsehzeitschrift hatte sie sich auch besorgt, jetzt fehlten nur noch Orangen, wie immer drei Stück. Eine davon wollte sie später mit Nelken bestücken, weil das so gut roch.

Und genau in diesem Moment ist sie wieder gestürzt, aufs Gesicht. Natürlich. Sie lag auf der Kopfsteinbrücke, die über die Alb führt, und war zu wenig benommen, um sich nicht zu schämen. Gleich meh-

25

rere Passanten wandten sich ihr zu und wollten ihr beim Aufstehen helfen. Ein älterer Herr war aber der Schnellste von allen. Er beugte sich zu ihr herunter und fragte, ob er ihr aufhelfen dürfte.

„Dürfte!" Die Oma ist ganz aufgeregt. „Dürfte! Stell dir das mal vor!"

Dann fasste er sie behutsam unter den Achseln und zog sie in die Senkrechte. Anschließend trat er von hinten an ihre linke Seite, wobei er ihr den rechten Arm um die Schultern legte und sie behutsam drückte.

„Wird es gehen?"

Die Oma nickte nur stumm und befangen.

Dann hakte er sich bei ihr unter und fragte sie, ob sie es weit habe.

Sie deutete in die Richtung, aus der sie gekommen war, und ganz langsam gingen sie zusammen los.

Den ganzen weiten Weg hat er sie nach Hause begleitet, die Kronenstraße entlang, über die breite Pforzheimer Straße mit den beiden Zebrastreifen, an der Herz-Jesu-Kirche vorbei und am Park, über den Dickhäuter Platz und bis vor ihre Haustüre in der Heinrich-Magnani-Straße.

Die ganze Zeit hat sie ihn gespürt.

„Er war sehr gut gekleidet, sein Haar voll und grau. Er sah reich aus, wenn ich ehrlich bin. Ich weiß noch, dass ich gedacht habe, wie gütig seine Augen sind und wie schön. Aber seine ganze Art war ja so. Wie ein Gentleman, so war er zu mir. Er trug edle Handschuhe aus Kalbsleder und einen Schal. Einen Hut? Ich glaube nicht, nein. Ich habe ihn sogar gerochen, er roch sehr gut. Als wir an der Kirche vorbei waren, habe ich an seiner Nase einen kleinen Tropfen entdeckt, der zu klein war, um zur Erde zu fallen, aber beständig gezittert hat. Er konnte ja schlecht sein Taschentuch hervorholen: Mit dem rechten Arm hatte er mich untergehakt und in der linken Hand trug er meine Einkäufe. Dieser Tropfen hat mich gerührt und überhaupt nicht geekelt, ganz anders als sonst immer. Er sah ja auch so vornehm aus. Als wir da waren, hat er mir seine Karte dagelassen und sich meine Nummer notiert. Es ist schrecklich, ich glaube, ich vergesse schon sein Gesicht! Ich bekomme die Teile nicht mehr richtig zusammen. Aber einen Hut hat er wirklich nicht getragen, glaube ich. Komisch, es war ja so kalt. Am Abend hat er dann angerufen, stell dir vor. Er wollte fragen, wie es mir ergangen sei und ob ich mich von dem Schock erholt habe. Da hatte ich mir schon lange das Blut aus dem Gesicht gewaschen und mich umgezogen. Aber den Kartoffelsalat habe ich doch nicht mehr gemacht. Ich war ja noch ganz zittrig. Ich glaube, wegen ihm.

27

Er heißt Friedrich Laubenstein. Ein schöner Name, finde ich jedenfalls."

Sein erster Brief kam zu Weihnachten. Er war sechs Seiten lang und in grüner Tinte geschrieben. Die Oma weinte, während sie ihn las. Noch nie hatte jemand für sie einen derart liebevollen und besorgten Ton angeschlagen. Und wie lange war es her, dass sich jemand für sie, nur für sie, so viel Zeit genommen hatte? Am Ende des Briefes stand ein Heine-Zitat: „Herz, mein Herz, sei nicht beklommen, / Und ertrage Dein Geschick. / Neuer Frühling gibt zurück, / Was der Winter Dir genommen."

Wer, bitte schön, hätte sich da nicht verliebt?

Friedrich Laubenstein ist fünfzehn Jahre jünger als die Oma. Er ist vermögend und Besitzer einer Kunststofffabrik im Karlsruher Rheinhafen, die er nun endlich auflösen möchte.

Den ersten Brief der Oma erhielt er noch im alten Jahr; geschrieben in einer Mischung aus ergebener Dankbarkeit und freudiger Erwartung, altmodisch mit topaktuellem Inhalt.

Die Oma schlief nur noch sehr wenig. Wenn überhaupt, dann nur mithilfe ihres Radios, das Schlager spielte, Operetten, bekannte Opern, und tagsüber Glückwünsche übermittelte.

28

„Alles könnte man mir nehmen, nur die Musik, die nicht."

Morgens erwachte sie voller Hoffnung und Freude darauf, ihn genau an diesem Tag wiederzusehen. Denn natürlich hatte sie ihn eingeladen, schon weil es sich so gehörte. Gut möglich, dass er sich bei ihr melden würde oder auf einen spontanen Besuch vorbeikäme. Heute. Oder schon bald.

Sie ließ sich neue Dauerwellen machen, bestellte sich beim Baur-Versand zwei neue Blusen und zog sich die Augenbrauen fast bis zum silbrig weißen Haaransatz nach, bis an die Oberkante ihrer erstaunlich kleinen Ohren. Die Schwiegertochter verdrehte entsetzt die Augen, als sie das einmal sah. Sie hätte die Oma auf keinen Fall ermutigt, wenn sie von Friedrich Laubenstein gewusst hätte.

Auf den Tag genau sechs lange Wochen wartete die Oma, bis endlich Antwort von ihm kam. Was ihr dabei am meisten half, war die Tatsache, dass lange Briefe Zeit brauchen.

Dieses Mal schrieb er mehr Persönliches. Dass er Kohelet verehre, einen Propheten des Alten Testaments, dessen Namen sich die Oma aber nie merken konnte; wie wichtig ihm sein Glaube sei, dass er jeden Sonntag in die Kirche gehe und: dass das Leben zuweilen traurig sein konnte. Das verstand die Oma.

29

Auch deshalb hatte sie das letzte Mal eine Kirche betreten, als der Opa gestorben war. Dem Kirchengott hatte sie nie verzeihen können.

Friedrich Laubenstein beschrieb mit grünen nach rechts geneigten und sehr schwungvollen Worten, wie schön Baden-Baden im Frühling sei. Ob er vielleicht auf einen gemeinsamen Spaziergang entlang der Oos hoffen dürfe?

„Intellektuell bin ich ihm natürlich nicht gewachsen", sagte die Oma glücklich, „wirklich, ich glaube, er ist mir haushoch überlegen."

Wo die Liebe hinfällt, dachte sie und träumte.

Beide Briefe liegen auf dem Nachttisch der Oma, und jeden Abend und in jeder Nacht, die seitdem vergeht, liest sie darin, obwohl sie sie längst auswendig kennt. Sie weint viel und wartet. Manchmal wird sie wütend, aber nur ein bisschen.

Einmal hat sie bei ihm angerufen. Sie suchte im Telefonbuch nach seiner Privatnummer, trank ein Gläschen Topinambur und lauschte auf das Tuten im Hörer. Eine Frau nahm ab, und sie sagte, dass sie gern Herrn Laubenstein sprechen würde. Die Frau bat sie, einen Moment zu warten. Dann hörte sie seine Stimme im Hintergrund.

„Ich rufe morgen zurück."

Was er nicht tat.

„Bestimmt hatte er Damenbesuch." Entrüstung.

Manchmal malt sich die Oma aus, wie sie sich eines Tages unverhofft auf der Straße treffen und begrüßen, als habe ihnen und ihrer Liebe die ganze Welt bis dahin riesige Steine in den Weg gelegt. Oder wie sie sich in einem Café gegenübersitzen und sich anschauen ohne zu reden, ganz selbstverständlich und völlig unbefangen.

„Für so was musste ich fünfundachtzig werden", sagt sie weinend, für so viel Liebe und so viel Schmerz. Das Briefpapier ist schon ganz brüchig vom vielen Zusammenfalten. Die Oma musste die Stellen mit Tesafilm verstärken. Der Gang zum Briefkasten ist einer der Höhepunkte ihres Tages, obwohl ihre Schritte immer schwerer werden.

Jetzt ist sie wieder gestürzt und hat sich die linke Hand gebrochen und den Unterarm. Aber erschöpft war sie schon zuvor. Und sehr viel krummer und meistens ganz still.

Die Enkeltochter hat etwas herausgefunden.

„Du, er ist verheiratet", sagt Svenja vorsichtig und schiebt der Oma das Schälchen mit den Salzletten zu.

„Habe ich mir gedacht", sagt sie und hört sich gleichzeitig tapfer und mitgenommen an. Die Enkeltochter weiß beim besten Willen nicht, ob die Oma sie tatsächlich richtig verstanden hat.

31

Das hier ist für Mark

Mir wäre es lieber gewesen, ich hätte alles erzählen können und irgendwer hätte ein Diktiergerät mitlaufen lassen. Es hätte mir jede Menge Arbeit und Nerverei erspart, aber man hat mir gesagt, dem Gutachter sei es lieber so. Also bitte. Außer rumsitzen, das stimmt schon, kann ich ja sowieso nichts mehr machen. Jetzt fange ich an:

Ich bin in einem kleinen Kaff im Schwarzwald geboren. Es heißt Marschalkenzimmern. Es lohnt sich nicht, dort hinzufahren, allenfalls durchzufahren, denn die Landschaft ist schön und wohl das, was Städter unter idyllisch verstehen. Im Sommer blühen schier endlose Rapsfelder und fast immer weht ein leichter, angenehmer Wind, der die Gräser zum Wogen bringt. Am Straßenrand wechseln sich Kruzifixe mit kleinen Holzkreuzen und Grablichtern ab, die einen Andreas, Mike oder Axel unvergessen machen wollen.

Der Ort selbst ist winzig und unterscheidet sich in fast nichts von all den anderen kleinen Käffern, die Brachfeld heißen, Hopfau oder Niederdornstetten. Es gibt immerhin keine typischen Ramschläden mit Kuckucksuhren, Bollenhutpüppchen und Wurzelholzschund, aber auch keinen Supermarkt, keine Schule, keinen Arzt, nur ein paar Bauernhöfe, eine Kirche und eine Wirtschaft, die „Zur Linde" heißt und meinen Eltern gehört. Ich danke Gott jeden Tag, dass ich nicht mehr dort leben muss.

Die „Linde" liegt an der Hauptstraße, die weiter nach Dornhan führt. Dort bin ich zur Schule gegangen. Eine beschissene Schule mit beschissenen Lehrern und beschissenen Mitschülern. Dass aus mir schließlich doch noch was geworden ist, habe ich nur mir selber und Gott zu verdanken. Das weiß ich genau.

Glauben und Gott, das ist sehr wichtig für mich. Ich habe schon als kleines Mädchen in der Bibel gelesen wie andere in ihren Hanni-und-Nanni-Büchern oder in „Blitz, der schwarze Hengst". Vielleicht weil es bei uns außer der alten Hausbibel meiner Großeltern und den Lesezirkelheftchen, die in der Gaststätte auslagen, nicht viel zu lesen gab. Ich kann heute noch ganze Passagen auswendig, aber ich verschone Sie lieber, keine Angst. Dass so was nicht besonders gut ankommt, habe ich schnell gemerkt. Meine Eltern könnten Ihnen da bestimmt auch etwas dazu sagen, wenn sie noch wollten (obwohl ich sagen

33

muss, dass sich immer mehr Menschen, vor allem junge, wieder Gott zuwenden. Ist doch so, oder?).

Ich hatte jedenfalls schon immer das sichere Gefühl, dass Gott gut auf mich aufpasst und der einzige ist, der mir zuhört und mich WIRKLICH versteht. Er ist auch jetzt bei mir und hat mich schon so oft getröstet, dass ich ihm ewig dafür dankbar sein werde.

Seit ich etwa vier Jahre alt war, gehe ich regelmäßig in die Kirche. Allein. Da fand auch noch nie jemand etwas dabei. Meinen Eltern war es nur recht, da mussten sie sich schon nicht mit mir abgeben. Was für andere ein Geheimversteck auf dem Dachboden oder ein besonders verwunschenes Fleckchen im Wald war, das war für mich die St.-Nikolas-Kirche. Ich spielte dort, malte dort, träumte, weinte, summte, lachte, lauschte, hoffte. Ich gehörte bald ebenso zum Inventar wie die Haushälterin des Pfarrers, die sich um die Kerzen, Pflanzen, Gesangsbücher und den Opferstock zu kümmern hatte, der stumme Organist und der Pfarrer selbst. Ein lieber Mensch übrigens. Keiner von den Päderastentypen, darauf brauchen Sie sich gar nicht erst einzuschießen.

Ich war schon immer anders. Meine Mutter wollte mir meine schweren Haare manchmal zu Zöpfen flechten, aber das habe ich nie zugelassen. Ich weigerte mich auch regelmäßig Kniestrümpfe anzuziehen, wenn es draußen warm war, oder Ohrenschützer

34

aufzusetzen, wenn es kalt war. Ich fing an zu schreien, wenn meine Mutter mir Malzbier vorsetzte, weil sie Angst hatte, ich würde ewig zu dünn bleiben. Ich wurde stocksteif, wenn sie versuchte, mich in den Arm zu nehmen, was selten genug geschah (Achtung, Gutachter, es lag an MIR, nicht an ihr), und ich ignorierte ihre Bitten, ich solle doch pünktlich zum Essen heimkommen und meine Zahnspange regelmäßig tragen. Sie hatte mir nichts zu sagen: Mit Ach und Krach den Hauptschulabschluss geschafft und dann immer nur Bier gezapft und dem Alten die Hausschuhe hinterhergetragen. Sie konnte mich mal.

Er selber war auch nicht viel besser, fast immer hielt er sich aber aus allem raus. Schlauer war er schon. Nur schlagen hätte er mich nicht dürfen, auch wenn in der Bibel darüber was anderes steht. Schlagen, das war seine Aufgabe, wenn sie nicht mehr weiterkam. Meine Mutter stand dann dabei und kuckte zu. Gefreut wird sie sich haben.

Ich bin mit sechzehn zu einer Schwester meines Vaters nach Freudenstadt gekommen und habe dort mein Abitur gemacht. Im gleichen Jahr fing ich an, Chemie zu studieren. Hört sich nicht sonderlich spannend an, es liegt mir aber. Jetzt hab ich einen Assistentinnenjob an der Uni Karlsruhe und nicht übermäßig viel zu tun. Man darf nicht faul sein, ich weiß,

35

und ich bin es auch nicht. Ich brauche nur viel Zeit für andere Dinge.

Ich sehe gut aus. Ich bin groß, aber nicht zu sehr, schlank, habe lange schwarze Haare, große Brüste und einen festen, kleinen Hintern. Ein „Männertyp", gar keine Frage. Im Labor läuft ihnen regelmäßig der Sabber runter. Eklig, aber ich weiß mich zu wehren.

Bevor Sie sich jetzt fragen, ob ich eventuell noch Jungfrau sein könnte, und alles auf meine verklemmte Sexualität schieben wollen: Nein, ich bin keine Jungfrau mehr. Ich wurde auch nie vergewaltigt oder habe andere fürchterliche Erlebnisse in dieser Richtung hinter mir. Zum ersten Mal Sex hatte ich mit einem Jungen aus dem Nachbarhaus, als ich siebzehn war. Ich glaube, er hieß Frieder. Es war schmerzhaft und irgendwie enttäuschend, ansonsten aber nicht weiter der Rede wert. Und es ist auch nicht so, dass ich als „alte Bibeltreue" eine lustfeindliche Einstellung oder noch nie etwas von Selbstbefriedigung gehört hätte. Vergessen Sie's also.

Geahnt habe ich schon immer, dass irgendwo einer ist und auf mich wartet, einer, der es wert ist, der mich erkennen kann und ich ihn, auch im biblischen Sinn.

Es war an einem dieser wunderbaren Abende, an denen man merkt, dass der Frühling es bald geschafft

36

hat: Die Vögel sind wieder da und zwitschern laut, Grünes zeigt sich an Bäumen und Sträuchern, das Licht wird weicher, die Leute schauen freundlicher und sind es auch, man kriegt Lust auf Sommer und Eis und Flugzeuge, die am Himmel brummen, und kleine Kinder, die auf Wiesen Fangen spielen. All so was eben. Ich war auf dem Weg von der Uni nach Hause und hatte es nicht eilig. Ich hatte es eigentlich nie eilig (es war, bis zu diesem Zeitpunkt, ja nie einer da, der auf mich gewartet hätte). Vor mir schob eine kleine dralle Frau einen Zwillingskinderwagen. Sie blieb so plötzlich stehen, dass ich ihr nur noch mit einem Satz zur Seite ausweichen konnte. Wir mussten beide lachen, sie entschuldigte sich und wir kamen miteinander ins Gespräch. Sie erzählte mir aufgeregt, dass ihr gerade schlagartig eingefallen sei, dass sie beim Einkaufen das Allerwichtigste vergessen hätte: die Milch für die Kinder. Ich fragte sie, ob es weit sei bis zum Laden, und sie erklärte mir, dass das nicht das Problem sei. Sie könne die Kinder aber unmöglich vor dem Supermarkt stehen lassen, bei all den Irren, die heutzutage herumliefen. Guter Witz! Also müsse sie die Kinder mit hineinnehmen, das sei aber deswegen ungünstig, weil sie endlich mal schliefen.

Liebe deinen Nächsten wie dich selbst! Ich bot ihr an, sie zu begleiten und vor dem Supermarkt auf die

Zwillinge aufzupassen. Sie machte so ein Aufheben um mein Angebot, das könne sie doch nicht annehmen, das sei ja unglaublich lieb von mir, das gehe aber doch wirklich nicht und so weiter. Ich bereute schon meinen spontanen Gutmensch-Entschluss und war kurz davor, sie mit ihren Bälgern stehen zu lassen, als sie endlich unter der Voraussetzung einwilligte, mich anschließend auf ein Glas Wein in ihre Wohnung einzuladen.

Nichts passiert einfach so. Das zumindest dürfte Ihnen doch klar sein, oder?

Als wir eine halbe Stunde später vor ihrer Haustüre standen, waren die Zwillinge wach und plärrten. Sie drückte mir einen der beiden in die Arme und ging vor mir her in den vierten Stock. Ich hörte IHN schon, je näher wir zur Wohnungstür kamen. Er sang.

Ein junger Mann, Typ ewiger Soziologiestudent, machte die Tür auf und die Musik wurde noch lauter.

Das ist, was ich hörte:
Ich kann dich spür'n,
will dich nicht verlier'n,
so viele Nächte lang gewartet,
so viele Träume ungeträumt,
ich werde immer bei dir bleiben,
so vieles haben wir versäumt.
Irgendwo anders – wartet unser Glück,

irgendwo anders – wir beide Stück für Stück,
irgendwo anders – ich glaube fest daran,
irgendwo anders – wir beide, Frau und Mann.

Soll ich noch etwas über die Melodie schreiben? Also, sie ist eingängig. Eingängig, aber nicht schnulzig. So ein bisschen wie Musik von Xavier Naidoo. So ein bisschen jedenfalls, okay?

Der Zwillingsvater glotzte mich an. Ich merkte, wie ich rot wurde. Ich fragte ihn, wer der Sänger sei, und er kapierte erst nicht, was ich meinte.

„Sie meint die CD", sagte seine Frau.

Er nahm mir das Kind ab.

„Mark Torani."

Ich hatte den Namen noch nie gehört, aber die Verbindung war sofort da. Es hing wohl mit der Art zusammen, wie er sang, mit dem „Schmelz", wie man sagt und dabei jede Empfindung abwürgt, weil es so dermaßen abgedroschen klingt. Ich würde es vielleicht „Rauch" nennen, auch bescheuert, aber besser kann ich es nicht beschreiben. Ich hatte jedenfalls den Eindruck, dass der, der da singt, nur für mich singt. Und genau so war es ja auch.

Ein unbeschreibliches Glücksgefühl durchflutete mich. Ich weiß nicht, ob das irgendjemand nachvollziehen kann, der die wahre Liebe noch nicht erlebt hat, aber als ich Marks Musik und seinen Namen zum ersten Mal hörte, war es in etwa so, als hätte ich einen winzigen Zipfel von Gott gesehen. Verstehen Sie? Wohl kaum.

Der Schlussakkord verklang und das Lied fing von vorne an.

„Genial, oder?", fragte der Studententyp, „ich hab' die Repeat-Taste gedrückt."

Ich blieb noch eine Weile, in der die beiden vollauf damit beschäftigt waren, ihre Kinder abzufüllen und ruhigzustellen. Ich saß alleine auf dem winzigen Balkon, trank das Glas Rotwein, das die Frau mir gebracht hatte, schaute in den wunderschönen Abendhimmel und hörte Mark zu. Die Wolken sahen ganz zart und leicht aus, rosa und weiß und gelb, und ich spürte, wie nahe Gott mir war und wie viel Mut er mir machte.

So fing es an mit Mark und mir.

Er heißt übrigens wirklich Torani, sein Vater ist Italiener. Sein richtiger Vorname lautet allerdings „Marco", aber die Plattenfirma fand Mark irgendwie besser. All so was findet sich auf seiner Homepage: seine Biografie, seine Veröffentlichungen, seine Tourpläne, seine Fan-Adresse, seine Merchandisingprodukte, sein Gästebuch, sein Forum. In der Mehrzahl sind es natürlich Frauen, die ihm schreiben, und

40

es ist unglaublich, was diese Schlampen sich erdreisten. Es scheint sie auch nicht zu stören, dass jeder LESEN kann, was sie gerne mit ihm machen würden. Es gibt wohl keine, die nicht mit Freude für ihn ihr Höschen zur Seite schieben würde. Als ob Sex das wäre, wonach er suchte. „Gott ist die Liebe, und wer in der Liebe bleibt, bleibt in Gott und Gott bleibt in ihm." Aber von so was haben diese Weiber natürlich nicht die leiseste Ahnung.

Das erste Mal geschrieben habe ich ihm etwa vor einem Jahr. Wie viel mir seine Musik bedeutet und wie tief mich seine Stimme berührt, dass alles, was er singt, auf mich geschrieben zu sein scheint, wie wichtig seine Musik für mein Leben ist und so weiter. Ich bin nicht blöd, ich weiß, dass er viele solcher Briefe bekommt. Jede dieser Schreckschrauben, die ihm täglich in sein Gästebuch sülzen, fühlt sich auserkoren und schreibt das Gleiche. Der Unterschied ist allerdings, dass ich tatsächlich meine, was ich schreibe, und vor allem, dass diese Tanten an seine Mailadresse schreiben oder an die Anschrift des Fanclubs, was lachhaft ist. Jeder weiß, dass er diese Briefe nie zu lesen kriegt.

Ich habe ihm gleich beim ersten Mal nach Hause geschrieben und den Brief persönlich eingeworfen. Was war ich doch glücklich! Schon allein das Gefühl,

41

das ich hatte, als ich die letzten paar Schritte auf seine Haustür zuging – genau den Weg, den er sonst immer geht, ER, immer, mit seinen Füßen, die seinen Körper tragen. Es ist unbeschreiblich schön gewesen.

Mark lebt in Stuttgart, das ist über die Autobahn nicht mal eine Stunde von hier. Eine Studienkollegin von mir arbeitet dort am Institut für Organische Chemie und Mark hat vor ein paar Jahren, so steht es übrigens auch in seiner Biografie, ebenfalls in Stuttgart studiert. Chemie nicht, natürlich nicht, das passt nicht zu ihm. Außerdem hätten wir uns dann nie so gut ergänzt. Wenn auch nur für kurze Zeit.

Er war für vier Semester am Institut für Erziehungswissenschaften und Psychologie eingeschrieben und hat es geschafft, neben seiner Musik auch den einen oder anderen Schein zu machen. Wer seine Musik und seine Texte hört, weiß, dass er kein Dummer ist. Die meisten Musiker haben wohl schlichtere Gemüter als Mark. Vermute ich.

Ich traf mich also mit meiner Bekannten der guten alten Zeiten wegen, ließ Chemikergequatsche über mich ergehen und fragte irgendwann, ob sie für einen Kollegen von mir nicht die Adresse eines alten Schulfreundes rausbekommen könnte. Marco Torani hieß er und habe wohl auch mal an ihrer Uni studiert. Es war so was von einfach! Eine Woche

42

später hatte ich seine Anschrift. Er wohnte noch immer in der Paulinenstraße, Paulinenstraße 12, 2. Stock.

Es ist ein altes, sehr schönes Haus. Gründerzeit oder Jugendstil, keine Ahnung, mit Architektur kenne ich mich nicht aus. Die Fassade entlang der Fenster ist mit girlandenartigen Rahmen versehen, in der Mitte des Hauses sitzt eine Art Erker. Es ist riesig, fünf Stockwerke. Die einzelnen Zimmer haben hohe Decken und auch die sind mit Stuck verziert. „Herrschaftlich", kam mir in den Sinn, als ich das erste Mal davorstand. Das Haus grenzt direkt an die Paulinenstraße und damals war ich froh darüber. Es fällt nicht besonders auf, wenn jemand vorbeigeht, einen Blick in die Räume wirft und dann noch einen Brief in den Kasten steckt. Es wäre schrecklich gewesen, wenn er mir dort schon beim ersten Mal begegnet wäre. Nicht, dass ich das nicht gewollt hätte, im Gegenteil! Aber es wäre zu früh gewesen. Ich wollte, dass Mark die Chance hat, auf mich vorbereitet zu sein. Ich hatte mich schließlich mein ganzes Leben lang auf ihn vorbereiten können.

Gibt es etwas, das mehr über einen Menschen aussagt als die Handschrift? Nicht vieles. Ich habe mir deshalb die Mühe gemacht, einige Schriftproben von mir beizufügen. Damit Sie etwas zu tun haben.

43

Ich habe sofort gespürt, dass dieser erste Brief tatsächlich von Mark persönlich stammte, obwohl das von außen erst mal nicht zu merken war. Den von mir frankierten und adressierten Rückumschlag hatte er mit einem Stempelabdruck versehen, auf dem sein Profil zu sehen war. Überflüssig zu sagen, dass er im Profil sehr schön ist. Den Brief selbst hatte er mit schwarzer Tinte geschrieben. Ich füge ihn diesem Bericht bei. Ich bin mir sicher, dass es nur wenige Männer gibt, die eine ähnlich sanfte Handschrift haben, leicht nach links geneigt (Stärke!), mit langen Bögen und winzigen I-Punkten. Und erst, was er geschrieben hatte: wie sehr er sich gefreut habe, wie anspornend mein Brief gewesen sei und dass er sich von Herzen wünsche (von Herzen!), dass ich ihm auch weiterhin gewogen bleibe. So schön altmodisch konnte er sich ausdrücken! Und kein Wort der Verwunderung oder des Ärgers darüber, dass ich ihm zu nah gekommen war, indem ich den Brief bei ihm eingeworfen hatte. Ich schwebte im siebten Himmel und wurde noch ein bisschen mutiger.

Beim nächsten Mal schickte ich ihm (zusammen mit einem wirklich sehr guten Foto von mir sowie einer Einladung) mein Lieblingszitat aus der Bibel – das mit Gott und der Liebe und „Gott bleibt in ihm" (1. Johannes 4, 16). Ich weiß nicht, was ihn letztlich dazu veranlasst hat zuzusagen, aber ich bin

44

mir ziemlich sicher, dass es das Zitat aus der Bibel war.

Das Foto von mir ist vor ein paar Jahren bei einer Feier am Institut gemacht worden (Abzug liegt bei) und zeigt mich in sehr ausgelassener Stimmung: Ich tanze, lache und habe dabei die Augen geschlossen. Meine Haare umgeben mich wie ein Kranz, meine Zähne blitzen, sogar meine Zunge ist zu sehen. Ich trage ein weißes Top und eine enge blaue Jeans. Auf der Einladung stand: Wollen wir uns sehen? Sonst nichts. Reicht ja auch.

Mit Prominenten ist es doch so: Kein Mensch, jedenfalls keiner, der nicht ebenfalls Sänger ist oder sonst irgendwie bekannt, traut sich, einen „Star" so zu behandeln, als wäre er der nette Typ von nebenan. Und wie soll so jemand sicher sein, dass sein Gegenüber nicht ausschließlich den Star in ihm sieht, das Geld und den Ruhm? Nach meinem ersten Brief an Mark behandelte ich ihn also „ganz normal". In der Liebe ist alles erlaubt, heißt es doch, oder? Mark biss natürlich an und hatte das Glück seines Lebens direkt vor seiner Nase. (Und das meine ich jetzt kein bisschen zynisch. Dass er sein Glück mit Füßen treten würde, wusste ich zu diesem Zeitpunkt ja noch nicht.)

So einfach war das also. Prominente sind eben auch nur Menschen, ähnlich einsam und gestört wie wir alle, verloren, bis Gott uns findet und wir ihn.

45

Im Radio, sofern deutsche Titel gespielt werden oder Englisch für den Zuhörer kein ernsthaftes Verständigungsproblem darstellt, wimmelt es von versteckter und direkter Anmache. Schon mal darauf geachtet? Menschen, die einsam sind, kann das schwer zusetzen, keine Frage, und insofern hatte Ihre Kollegin (die Polizeipsychologin) natürlich recht. Aber ich war das letzte Mal einsam, als ich noch in Marschalkenzimmern lebte und den Weg zur St.-Nikolas-Kirche noch nicht kannte. Danach nie wieder. (Hallo Gutachter! Dick markieren!)

Zunächst dachte ich, ich sei in meinem zweiten Brief zu weit gegangen, denn er meldete sich sehr lange nicht. Erst hinterher habe ich erfahren, dass sein Vater in dieser Zeit im Sterben gelegen hatte, und dann schämte ich mich für meine Ungeduld. Es ist schlimm, wenn die eigenen Eltern sterben. Für die meisten jedenfalls.

Sein Antwortbrief (liegt nicht bei) war gar kein Brief, sondern eine Postkarte. „Wann? Bald?!" stand darauf und „M." Die Vorderseite war die Schwarz-Weiß-Fotografie eines Seesterns. Sie hing lange Zeit gerahmt über meinem Bett.

Mit meiner dritten Nachricht habe ich mir dann Zeit gelassen. Er hatte angebissen und, so leid es mir tat, ich musste ihn zappeln lassen. Das alte Spiel. In der Liebe und im Krieg ...

46

Nach zwei Wochen, in denen ich, abgesehen von der Zeit, in der ich an der Uni war, fast ununterbrochen seine CDs hörte, schrieb ich ihm ebenfalls eine Postkarte.

Vorn war eine liegende Frau zu sehen. Ein Spätwerk von Picasso, glaube ich. Auf die Rückseite schrieb ich: „Freitag, 13. August, 18.00 Uhr, Eingang Botanischer Garten, Karlsruhe. Deine R."

„R" steht für Rahel, so heiße ich. Natürlich ist das nicht der Name, den meine Eltern für mich ausgesucht haben. Ihre Wahl fiel damals auf „Ingrid". Noch Fragen?

Rahel nenne ich mich seit meiner Freiburger Zeit. Der Name stammt aus dem Alten Testament. Rahel war Jakobs Lieblingsfrau, aber es hat eine Zeit gedauert, bis er sie „haben" konnte. Gottes Werk. Natürlich. Davon abgesehen passt der Name wirklich perfekt zu meinem Äußeren.

Er kam. Und es wurde ein unglaublicher Abend. Ich hatte Tage damit zugebracht, mir über meine Kleidung Gedanken zu machen. Und dann trugen wir beide das Gleiche! Jeans und ein weißes Hemd. Wir lachten, als wir uns trafen, wir strahlten, wir umarmten uns, drückten unsere Wangen aneinander und noch ein bisschen mehr und verteilten Luftküsse. Es war von Anfang an so einfach zwischen uns.

47

Zum Botanischen Garten gehört außer einem altehrwürdigen Gewächshaus ein wunderschöner Garten, der von schmalen Kieswegen durchzogen wird. Dorthin schlenderten wir als Erstes. Sogar das Wetter machte mit. Es war ein Bilderbuch-Sommertag, noch wunderbar warm, aber nicht mehr zu heiß. Ich zog meine Riemchensandalen aus und lief barfuß auf dem kurz geschnittenen Gras neben den Wegen. Vom Botanischen Garten führte ein lang gezogener Weg in den Garten des Karlsruher Schlosses. Viele Leute waren unterwegs: Studenten, die Frisbee spielten, Leute, die eben ihre Decken zusammenpackten und die umliegenden Biergärten ansteuerten, Jogger, Spaziergänger, Hundebesitzer und Mütter, die Kinderwägen schoben. Wir redeten und redeten, ich weiß beim besten Willen nicht mehr, über was genau (es spielt ja wohl auch keine Rolle mehr). Jedenfalls war keine Sekunde verkrampft, langweilig oder befangen.

Ich fragte ihn, ob er Durst hätte. Daraufhin öffnete er seine dicke schwarze Tasche und deutete lächelnd auf den Hals einer Champagnerflasche. Sogar langstielige Gläser hatte er dabei, eingepackt in etwa zwei Kilometer Toilettenpapier! Darüber mussten wir so lachen, dass wir uns fast nicht mehr einkriegten. Wir saßen mittlerweile am Ende eines Steges, der in den Seerosenteich des Schlosses ragte, hatten die Hosenbeine unserer Jeans hochgekrempelt, ließen die Füße ins Wasser baumeln und wickelten aus und wickelten aus und wickelten aus. Wir krümmten uns vor Lachen, wir hielten uns die Bäuche und stützten uns gegenseitig. Wir waren beschwipst, keine Frage, aber noch bevor wir den ersten Schluck getrunken hatten! Er hielt mich fest und dann, ja, dann küsste er mich zum ersten Mal. Mark konnte wunderbar küssen.

Im Grunde ist die Geschichte für mich genau hier beendet. Alles, was danach kommt, tut noch zu sehr weh. Aber ich nehme an, dass das genau das ist, was jetzt alle wollen, oder? Mir wehtun.

Wie Sie sich sicherlich schon gedacht haben, endete dieser erste Abend in meinem Bett. Mark war ein guter Liebhaber, aber ich machte den Fehler, sein Können vor allem auf mich zu beziehen. Noch als er längst gegangen war, wärmte mich das Gefühl, mit der Liebe meines Lebens geschlafen zu haben. LIEBE MEINES LEBENS, verstehen Sie? Ich kann nichts dafür, dass dieser Begriff mittlerweile so dermaßen abgedroschen klingt.

Er meldete sich nicht. Nicht am nächsten Tag, nicht in der nächsten Woche. Ich machte mir entsetzliche Sorgen. Sein Handyanschluss war nicht erreichbar und bei ihm daheim schaltete sich nicht mal der Anrufbeantworter ein. Ich wurde halb wahnsinnig vor Angst. Am Mittwoch, nachdem fünf qualvolle Tage vergangen waren, erkundigte ich mich in den umliegenden Krankenhäusern nach ihm, aber nirgendwo zwischen Karlsruhe und Stuttgart war ein Mark Torani eingeliefert worden. Ja, ja, ich weiß, SIE ahnen es bereits. Aber Sie liebt AUCH keiner, stimmt's?

Am Donnerstag musste ich an der Uni mehrere Klausuren beaufsichtigen, also konnte ich mich erst am Freitag krankmelden und auf den Weg nach Stuttgart machen. Zum Glück, kann ich nur sagen: Ich hatte einige Meter entfernt von seiner Wohnung parken müssen, kam aber gerade noch rechtzeitig um zu sehen, wie die Haustür von innen geöffnet wurde, Mark erschien, sich lachend noch einmal umdrehte, um einer blonden Frau in Unterwäsche einen langen, innigen Kuss zu geben und dann abrupt innezuhalten, als er mich entdeckte. Ich war stehen geblieben und starrte die beiden fassungslos an. Gleichzeitig suchte ich in meinem Kopf fieberhaft nach etwas, was dieses Missverständnis ganz leicht aufklären könnte, wusste aber im selben Augenblick, dass mein Herz brach.

Mark fing sich schnell wieder. Er grinste.

„Ist sie das?", flüsterte die Blondine (sie heißt Vera, war ein Fan von Mark und stammt aus Leipzig, Sie können das den Unterlagen entnehmen).

Mark nickte feixend. Er ging zwei Schritte auf mich zu und kam mir so nah, dass ich seinen Atem spüren konnte, als er „Verschwinde" zischte.

Vera aus Leipzig warf verlegen kichernd den Kopf in den Nacken, trat einen Schritt zurück, nickte Mark vielsagend zu und schloss die Tür von innen. Er ging an mir vorbei, ohne mich eines weiteren Blicks zu würdigen. Dann muss er wohl in sein Auto gestiegen sein, richtig mitbekommen habe ich es nicht, weil ich mich nicht umdrehen konnte. Ich hörte nur seine Schritte und ein bisschen später das Geräusch eines startenden Autos.

Ich fühlte mich wie versteinert. Versteinert, verflucht, geschlagen, gedemütigt, missbraucht – suchen Sie sich was aus. Das Allerschlimmste war aber: Auch Gott war fort. Zum allerersten Mal. Und Sie wissen ja, was passiert, wenn Menschen gottlos handeln?

Mein erster Impuls war, nachdem ich, weiß Gott, wie lang (HAHAHA), dort vor der Tür gestanden hatte, diese Vera zu töten. Aber was hätte das für einen Sinn gehabt? Eben. Sie war sein Opfer, genau wie ich.

Ich ging zu Fuß in die Innenstadt, an die eigentliche Strecke kann ich mich aber nicht mehr erinnern. Ungewöhnlich warm war es für den relativ frühen Morgen, das weiß ich noch. Ich suchte nach einem Geschäft, in dem man Messer kaufen konnte, und hielt nach einem Waffenladen Ausschau, betrat dann aber ein Studio für Designerküchen und -zubehör. Ich glaube, es war ein japanisches Messer (Beleg liegt bei). Dann marschierte ich wieder zurück und wartete. Es war heiß und drückend in meinem Auto, trotz der offenen Fenster, aber ich hatte keinen Durst und auch keinen Hunger. Niemand verließ das Haus und keiner kam.

Als Mark kam, war bestimmt eine Stunde vergangen. Er kam zu Fuß, mit gesenktem Blick und einer Tüte im Arm, aus der ein Baguette ragte. Er ging genau auf mein Auto zu.

Ich stieg aus, er schaute auf, grinste wieder, und ich stach zu. Schnell, denn angenehm ist so was nicht und ich wollte es möglichst schnell hinter mich bringen. Es fühlt sich merkwürdig an. Erst ganz schwer und dann ganz leicht. Ich habe siebenunddreißig Mal zugestochen, aber das wissen Sie natürlich.

Es kommt mir so vor, als hätte Marks Tod mich befreit von der Last, ihn lieben zu müssen. Erst jetzt kann ich mich wieder spüren und Gott ganz nah bei mir wissen.

Ich wünsche Ihnen alles Gute und bete für Sie.

Herzklumpen

Sie begann zu ahnen, dass sie sich über den Kater mehr freute als über ihn. Dass sie sich eingestehen musste, dass sie sich über Paulchen freute, aber kein bisschen auf ihren Mann. Nicht mehr. Dass sie eine Art Glück empfand, wenn Paulchen auf der kleinen Kiesfläche saß und vor der Glastür, die von der Küche ins Freie führte, maunzend auf sie wartete. Eine Art Glück, die sie mit dem, den sie mal geliebt hatte, mit dem sie unbedingt hatte alt werden wollen, nicht mehr verband, die ihn sogar mit voller Absicht ausschloss. Er hatte mit ihren Glücksgefühlen nichts mehr zu tun, der Kater schon.

Sie wusste noch nicht, wo die Liebe bleibt, wenn sie verschwindet. Sie wusste nur, dass sie es tat, spurlos verschwinden. Vielleicht verbrauchte sie sich mit der Zeit, wenn irgendetwas falsch gelaufen war – oder auch nicht – und löste sich schließlich einfach auf. In nichts, in mehr oder weniger unnütz verbrauchte Energie, von der nichts übrig blieb – außer jähem Erschrecken und einer Erkenntnis, auf die sie gerne verzichtet hätte. Nicht, weil sie wehtat, denn das tat sie eigenartigerweise nicht. Die Erkenntnis schockierte sie nur und machte sie einsam. Der Schmerz kam später. Sie würde ihn sich selbst zufügen und den anderen. Das vor allem. Die Folgen, dachte sie, die Folgen.

„Sag bloß, der Scheißkater ist schon wieder da", rief er vom Bad in die Küche hinunter, weil er sie mit ihm sprechen hörte. Ihre Stimme liebkoste das Tier.

Wann hatte es angefangen? Sie wusste es nicht mehr. Nur WIE.

Mit der Gewissheit, dass ihr etwas Essenzielles fehlte, dass sie eine Sehnsucht empfand, die vorher nicht dagewesen war. Mit einem Gefühl ständiger Gereiztheit am Tag und der Angst zu ersticken in der Nacht. Manchmal wachte sie durch das Geräusch ihres eigenen Japsens auf. Im Traum setzte ihr Atem aus, im immergleichen Traum vom Auftauchenwollen aus dem Meer, das Bild der Wasseroberfläche von unten, von Sonnenlicht, das durch türkisfarbenes Blau bricht. Bläschen, Schwappen, Angst, Ersticken. Wie einfach das zu verstehen war, idiotensicher, kinderleicht zu deuten.

Und überhaupt, DAS KIND! Es machte alles noch schwieriger. Es konnte nichts dafür und würde doch alles abkriegen. Die Folgen. Parole: Durchhalten. Nichts sagen.

54

Wann hatte das mit dem Lügen angefangen? Oder ist Auf-gar-keinen-Fall-nicht-mehr-alles-erzählen-Können noch gar nicht Lügen? Und warum wollte sie ihn so sehr vor der Wahrheit schützen? Ihn schonen? Wo die Liebe doch gegangen war? Nicht verletzen wollen. Nicht zerstören. Nicht töten. Die Folgen eben.

Sie rückte von ihm ab, ein kleines Stückchen, früh morgens im Bett, während auf der anderen Seite des Flures das Kind schlief, ihr gemeinsames Kind, Krönung ihrer Liebe. Damals war das noch so. Sie rückte ein Stückchen von ihm weg und er rückte nach. Seine Wärme war ihr zu viel, seine Schwere, seine Liebe, seine Lust. Sie wollte nicht. Jetzt nicht oder vielleicht nie mehr. Wie es sagen? Wie ertragen? Wie beenden? Wahnsinnigwerden wäre vielleicht eine Möglichkeit. Oder Flucht oder Selbstmord oder Neuanfang oder Wegducken. Sie überlegte, ob ein Darübernachdenken lohnen könne. Immer und immer wieder.

Er flüsterte in ihr rechtes Ohr.

„Guten Morgen, meine Meerjungfrau." Er sprach es „mehr Jungfrau", ein alter Witz zwischen ihnen, ein uralter, der vermutlich nie wirklich witzig gewesen war, entstanden in der Zeit frischer Verliebtheit, in der einem nichts zu peinlich ist. Eine Zeit, die vergangen war und nicht wiederholbar.

Und wie er es flüsterte.

Auf eine Art und Weise, von der er seit Jahren annahm, sie errege sie. Die sie tatsächlich einmal erregt hatte.

Mit weit aufgerissenen Augen auf ihrer linken Seite liegend gab sie ein Geräusch von sich, das Schlaf signalisierte und „Nicht".

Er drückte sich an ihren Rücken, seine Bartstoppeln kratzten sie.

„Ich weck dich gern."

Seine schwere Hand auf ihrer Hüfte fuhr ihre rechte Pobacke entlang, fuhr ihr von hinten zwischen die Beine.

„Ich mag aber nicht wach werden." Genuschelt, gemurmelt, abwehrend.

„Und wieso glaub ich dir das nicht?"

Ja, warum eigentlich nicht?!

Zum Kotzen.

Sie fischte in ihrem Kopf nach einer ihrer Lieblingsfantasien, tauchte ein und verlor sich. Sie sorgte dafür, dass er gut gelaunt zur Arbeit fuhr.

Was war sie nur für ein Mensch.

Sie ertrug nichts mehr.

Die Geräusche, die er beim Essen machte. Sein Husten. Wie oft er zur Toilette ging und wie lang er dabei sitzen blieb. Mit welcher Gründlichkeit er seine Zahnzwischenräume reinigte. Seine zufriedenen Seufzer.

Seine Lieblingshemden, seine Lieblingsjeans, seine Schlafanzüge, seine Boxershorts. Der Geruch seines Spermas, sein Geschmack. Sein überraschtes „Ich glaub es ja nicht", wenn er in der Zeitung etwas las, das ihn verblüffte. Seine Stimmen: seine Telefonstimme für seine Mitarbeiter, seine Quatschmachstimme für das Kind. Seine Leberflecke. Sein Mitteilungsbedürfnis. Seine Langsamkeit. Seine Füße. Seine Hände. Wie er sich schnäuzte, einmal lang, dreimal kurz. Wie festgelegt er war: wenn Brötchen, dann nur Weißmehl, aber noch lieber Pumpernickel. Wurst ja, Käse auf gar keinen Fall, Kaffee zum Frühstück, um 11 Uhr und um 16 Uhr (wie er beim Trinken schlürfte), Fleisch gerne, aber niemals Fisch, zwei Mal Obst am Tag, aber um Himmels Willen keine Zitrusfrüchte. Mineralwasser ohne Kohlensäure. Klassik nur sonntags. Hunde ja, Katzen nein. Rennradfahren niemals unter einer Stunde. Seine Magen- und Darmprobleme und wie er ständig um dieses Thema kreiste und dazu alles zum Besten gab. Wirklich alles. Sein Sortiment an Medikamenten an seiner Seite des Bettes. Wie er seinen Kopf ruckartig nach hinten kippte, wenn er Tabletten schluckte. Wie er beim Autofahren konzentriert nach vorn schaute. Wie er in der Nase bohrte. Wie er nachdachte. Welche Bücher er mochte, welche Musik er hörte, welche Filme er sich im Kino anschauen wollte. Was er alles nicht ertragen konnte. Was er alles so unbedingt brauchte zum Glücklichsein.

Das alles war er, und nur er.

Vielleicht war sie auch so?

Nein. So war sie nicht.

Seine Art, sie anzuschauen, wenn sie ihn kritisierte. Seine Hingabe. Sein Wutgesicht. Sein Lachen. Seine Augenbrauen. Sein tiefes Grübchen im Kinn. Sein Verzeihenkönnen. Seine Kindheit.

Wie sehr er sie liebte.

Ihre neu erworbene, überraschend schnell akzeptierte Unfähigkeit, für irgendetwas, das ihn ausmachte, eine winzige Kleinigkeit, die er war, und nur er, auch nur das kleinste bisschen zu empfinden. Das zerriss sie fast. Sie hatte Mitleid mit ihm, aber ihr mittelaltes Herz hatte sich schon zum Abschied bereit gemacht – es hatte gar nicht mehr anders KÖNNEN. Jeden Tag verschwand es ein bisschen mehr, bis ihr am Ende nur noch ein kleiner Klumpen bleiben würde, ein etwa pflaumengroßer, der ihr das schiere Überleben sichern sollte. Sie wusste genau, wie er sich anfühlen würde. So war das mit der Liebe, wenn sie weg war. Sie war verzweifelt und blieb bei ihm.

„Möchtest du noch einen Schluck Wein?"

Er setzte das Glas mit dem Rosé an (das Geräusch, das seine Zunge machte, wenn sie zwischen Ober-

lippe und Frontzähne fuhr, um nachzuschmecken).
„Müsste der nicht kälter sein?"

Sie schüttelte den Kopf.

„Ich denke nicht"

„Aber du HATTEST ihn doch kaltgestellt. Oder?"

„Ja, klar."

„Und wie lange?"

Sie schwieg.

„Vielleicht nicht lang genug?"

Sie schwieg.

„Wäre für meinen Magen sowieso nicht so gut."

Sonst sprachen sie kaum. Er schaute nach draußen in den Garten, die Buchsbaumhecke entlang zum Flieder, der weiß blühte. Der Himmel war so blau, so weit.

Der Junge schaukelte.

Ihr Mann nahm ihre Hand und küsste sie.

„Haben wir's nicht schön? Wir drei?"

Ihr Blick war seinem gefolgt und hatte dann an einer kleinen weißen Wolke haltgemacht, der einzigen am Himmel. Sie sah aus wie hingeküsst.

Sie nickte.

Er war ein guter Mensch. Ein feiner Kerl. Ein treuer Freund. Der liebevollste Vater, den sich ein kleiner Junge nur wünschen konnte. Wenn er ausfallend wurde, dann nur unter extremem Zeitdruck, wenn ihm seine Arbeit und der ganze Stress zu viel

59

wurden. Wenn er überfordert war. Wenn er jemanden nicht mochte. Dann konnte er verbal zum Angriff übergehen, treffsicher, vernichtend. Angeblich ohne es zu wollen. Dann war er gleichzeitig aber auch stiller als sonst, abweisender, in sich gekehrter, unberechenbarer. Je älter er wurde, desto mehr überforderten ihn der Stress im Beruf, der Alltag, die Zukunftssorgen. Bei ihr war es umgekehrt. Er wurde zum Kind. Jetzt hatte sie schon zwei.

„Es gibt nichts, was mich an dir nervt", sagte er zu ihr.

„Das kann nicht sein."

„Ist aber so."

„An dir nervt mich total viel."

„Weiß ich doch. Ich lieb dich so sehr, mein Schatz."

Ihre Freundin aus Berlin schickte ihr ein Blechherz, an dem ein kleiner Zettel befestigt war: „Follow your heart". Welches Herz?! Wie schuldig sie sich fühlte, obwohl sie gleichzeitig wusste, dass sie nicht schuld war. Niemand war schuld. Würde er sie noch haben wollen, wenn er all dies wüsste? Würde er SIE verlassen?

Sie fütterte Henry mit Parmesan.

„Komischer Kater", sagte der Junge. „Stimmt doch, oder? Ich kenne keinen einzigen Kater, der gerne Käse frisst."

„Wie viele Kater kennst du denn?" Sie lächelte, und er sah, wie viele Fältchen sich um ihre Augen gebildet hatten. Er fand sie schön.

„Auch wieder wahr", meinte er.

„Paulchen hat auch gern Käse gefressen."

„Wer ist Paulchen?"

„So hieß der Kater, der früher immer kam."

„Weiß ich gar nicht mehr."

„Ist auch schon lange her."

Er machte den Reißverschluss seiner Jacke zu.

„Ich geh jetzt, Mama."

„Und wann kommst du wieder?"

„Vielleicht schaff ich es nächstes Wochenende, aber eher nicht. Dann im November. Okay?"

Sie hatte sich zu Henry gebeugt und streichelte ihn.

„Okay. Du wirst mir wieder fehlen." Die Tränen kamen. Sie schaute nicht nach oben.

„Ich weiß, Mama."

Er musste los, schon längst.

Henry drehte sich auf den Rücken und schloss die Augen. Ihre langen Finger fuhren seinen Bauch entlang.

„Besuch doch Meike in Berlin. Ihr habt euch ewig nicht gesehen. Oder fotografier mal wieder."

„Vielleicht mach ich das ja." Sie sagte nicht, was von beidem, und er war schon weit weg. Jetzt ging es wieder. Sie stand auf und umarmte ihn.

61

„Mach's gut, Großer. Ruf mal an. Wenn du magst."

Er hatte SIE verlassen.

Er hatte sie eines Abends lange angesehen und dann ihre Hände in seine genommen, ihre kalten trockenen Hände in seine festen, schweren.

Es fielen die üblichen Sätze, all die abgenutzten, aber womöglich wahren Phrasen.

Du musst jetzt ganz stark sein.

Ich habe mich in eine andere Frau verliebt.

Ich hätte nie für möglich gehalten, dass mir so was noch mal passieren kann.

Mit dir hat das nichts zu tun.

Ich könnte so nicht weiterleben.

Wir haben uns mal geschworen, immer ehrlich zueinander zu sein.

Ich liebe sie.

Es ist alles geregelt.

Ich weiß, wie stark du bist.

Jetzt, wo er studiert, ist er alt genug um zu verstehen.

Mach dir keine Sorgen.

Bitte, jetzt weine doch nicht so.

Meinst du, mir fällt das leicht.

Ich liebe sie.

Ich wollte dir nie weh tun.

Ich wünsche mir so, dass du mir eines Tages verzeihen kannst.

Gegen dieses Gefühl war ich machtlos.

Glaub mir.

Es geht schon eine Weile.

Ich wollte dir nicht länger was vormachen.

Pass gut auf dich auf.

Ich bin immer für dich da, wenn du meine Hilfe brauchst.

Ich liebe sie.

Verzeih mir, verzeih mir, verzeih mir.

Ihr kam es wie die gerechte Strafe vor.

Nur dass es so kurz war, das eine Leben, das sie hatte, das war schade. Das war etwas, über das sie nicht mehr hinwegkommen sollte.

Herzklumpen II

Sie begann zu ahnen, dass sie sich über den Kater mehr freute als über ihn. Wenn Paulchen nicht da war, wenn sie morgens in die Küche kam, wenn er nicht vor ihrer Tür saß, die raus in den Garten führte, und auf sie wartete, dann machte sie sich Sorgen um das Tier und seine Abwesenheit tat ihr weh, richtiggehend weh. Wenn ihr Mann nicht nach Hause kam, weil er sich verspätete, so nahm sie das möglicherweise zur Kenntnis, verschwendete ansonsten aber keinen weiteren Gedanken daran. Denn tatsächlich wäre ihr die Beschäftigung mit ihrem Mann oder irgendetwas, das ihn betraf, als genau das vorgekommen: als Verschwendung. Den Moment, in dem ihr das mit einem Mal so glasklar wurde, den Augenblick, in dem sie ganz sicher wusste, wie sehr viel mehr sie dem dicken alten Kater aus der Nachbarschaft zugetan war und wie wenig von der Liebe übriggeblieben war, die sie früher für ihren Mann empfunden hatte – nämlich nichts, nothing, niente – konnte sie exakt rekapitulieren. Die Wucht dieser Erkenntnis hatte sie zutiefst erschreckt.

Es war ein Sonntagmorgen gewesen, ein Sommermorgen Mitte Juni. Die Amseln sangen und der Himmel war klar, strahlend schon zu dieser frühen Stunde, so hell und endlos. Sie vergrub ihre langen schmalen Finger zärtlich fest im Rückenfell des Tieres, das sich begeistert gegen ihre Beine drückte. Sie bemerkte, dass ihr die Tränen kamen.

„Mein lieber, lieber Kater."

Ihre sanfte, leise Stimme liebkoste Paulchen.

„Sag bloß, der Scheißkater ist schon wieder da", rief ihr Mann vom Bad in die Küche hinunter, weil er sie mit ihm sprechen hörte.

„Arschloch", dachte sie.

„Mistviech", dachte er.

Es hatte eine Zeit gegeben, da war „Arsch" noch ein Kosewort von ihr für ihn gewesen, liebevoll gemeint, liebevoll empfunden. Ein „Arsch" war er beispielsweise, wenn er sie durchschaut hatte und sie sich von ihm ertappt fühlte.

„Blöder Arsch", hatte sie dann gesagt, mit lächelnden Augen, und eigentlich das Gegenteil gemeint. „Arsch" war in seiner Liebenswürdigkeit tatsächlich nicht zu schlagen. „Arschloch" dagegen war schon immer bitterernst gemeint. Böse. Ein Schimpfwort mit Verletzungsabsicht. Die Trennung zwischen den Begriffen war von beiden bewusst gezogen worden,

65

bei „Arschloch" hörte der Spaß auf, weshalb es sehr dosiert eingesetzt wurde. Über all die Jahre gerechnet: etwa ein Mal pro Monat. Das letzte Mal, als er sich in ihrem Beisein im Gespräch mit Kollegen über ihr fehlendes politisches Interesse lustig gemacht und sie bewusst verletzt hatte.

„Blond", hatte er dazu nur lachend gemeint und dabei auf ihr Haar gedeutet, „was erwartet ihr?". Der klassische Männerspruch, nur nicht anonym in den Raum gestellt, sondern auf sie persönlich gemünzt. Er wollte gleichzeitig verletzen und auftrumpfen. Sie hatte ihm von der anderen Seite des Tisches aus zugelächelt – ohne dass ihre Augen dabei beteiligt gewesen wären – und mit ihren Lippen das Wort „Arschloch" geformt, war aufgestanden und gegangen. Drei Jahre war das her. Und es hatte Spuren hinterlassen. Jedes einzelne „Arschloch" hatte das.

Sie musste raus hier.

Sie ging jetzt anders durchs Haus als vor jenem Augenblick, der alles verändert hatte. Sie nahm Abschied von alledem, was sie gemeinsam benutzt hatten: vom Haus, vom Garten, von den Möbeln, von den Bildern. Ihr preisgekröntes Heim, stolz hergezeigter Gegenstand zahlreicher Artikel in Architekturzeitschriften, Grund für all die neidischen, bewundernden und ungläubigen Blicke, die man ihm und manchmal auch ihnen von der Straße aus zuwarf, wenn sie im Vorgarten saßen – ein Traum in Glas und Edelstahl. Dabei war es von innen fast noch ungewöhnlicher. Vom Keller bis hinauf unters Dach bildete ein Bücherregal, eingefasst in eine Treppe, die die vier raffiniert gegeneinander versetzten Stockwerke miteinander verband, das Herzstück des Hauses. Für diese Treppe hatte der Schlossermeister Tage für die Vermessung und Planung und Wochen für die Ausführung gebraucht und er war so stolz auf sie gewesen, dass er seine Frau und seine beiden kleinen Kinder in der Nacht vor dem Einzug heimlich ins Haus geführt hatte, um sie zu bewundern. Nie wieder hatte ihm seine Arbeit so viel Geld gebracht, so viele Folgeaufträge. Und so viel Freude. Vom Feinsten auch das Birnbaumparkett, die Granitböden in der Küche und den drei Bädern, die Sauna, das Schwimmbad, der Fitnessraum, Schattenfugen und Wäscheabwurfschacht, Bauhaus, Eames und Ingo Maurer. Sie waren wohlhabend. Nein. Reich. Sie zog ihn damit auf.

„DU bist reich, du blöder Arsch."

„Nein, WIR sind reich."

Ewig her.

Es war das Geld seiner Familie, ein Vermögen, das er nicht nur zu sichern verstanden hatte, sondern auch überaus erfolgreich zu mehren. Sie war damals mit zwei Koffern zu ihm in die kleine Dachwohnung

67

gezogen, den einen voller Bücher, im anderen außer ein paar Kleidungsstücken wiederum nur Bücher – zusammen mit ihren fünf absoluten Lieblingsplatten. CDs waren gerade erst auf den Markt gekommen. So lange war das her. Und dann hatten sie eines Tages gebaut, eigentlich bauen lassen, gemeinsam, der Erfolgsmensch und sie, die Frau, die stets hinter ihm stand und ihn einfach nur liebte. Die Verwirklichung eines ihrer Lebensziele in Toplage zu Toppreisen und selbst am Ende noch sie beide als Bauherren mit Toplaune. Geld spielte keine Rolle. Ihr Architekt bot ihnen das Du an. Das Haus wurde fertig und sie genossen es. Und dann: Rollrasen im Garten, Buchsbaumorgien, Kirschlorbeerhecken, Rosen, Bambuswäldchen – und eine Riesenecke im japanischen Stil. Für die Seele. Feng Shui und so.

Sie war auf der Treppe hängen geblieben beim Abschiednehmen von den Büchern. Bei „I" wie „Irving". Wer bekam die Irvings? Sie? Wenn sie die Irvings bekam, dann waren die Boyles für ihn. Ihr Rotweinglas war leer. Sie ging hinunter in die Küche und schenkte sich nach. Böll für ihn, Hesse für sie? Raymond Chandler? Bitte, nur zu, den hatte sie noch nie gemocht. Hauptsache, sie würde ihren geliebten Carver mitnehmen können. An der Stirnseite der Treppenkonstruktion die alten Schallplatten, dann die CDs. Fünfhundert? Tausend? Sie stellte ihr Rotweinglas zu schwungvoll ab, die Hälfte schwappte über. Sie ließ die Pfütze, wo sie war, leckte sich die Finger ab und suchte nach der Yes-CD, auf der „Owner Of A Lonely Heart" war. 90125. Komischer Titel. Sie fand sie sofort, legte sie ein – Dauerschleife – und stellte die Lautstärke leise. Der Junge, nicht, dass der Junge wach wurde. Sie wollte ihn nicht wecken, seinen Schlaf nicht stören. Sie setzte sich neben die Pfütze, leerte den Rest, der im Glas war, in einem Zug und hörte zu.

Sie stellte sich vor, wie wohl ihr neues Zuhause aussehen würde. Ihr Zuhause. In ihrem Kopf entstanden die Bilder zu etwas, das sich wie ein Versprechen anfühlte, eine Prophezeiung. Sie würde sich für eine Altbauwohnung entschieden haben, nicht sehr groß, mit hohen Decken und alten Türen, Mit nackten Füßen würde sie über weiß lackierte Holzdielen laufen, die Wohnung, zentral gelegen, aber trotzdem ruhig genug, mit grünem Hinterhof, einer Glasveranda, ein helles luftiges Nest im zweiten oder dritten Stock. Voller Bücher. Voller gerahmter Fotos an den Wänden, voller ausschließlich schöner Erinnerungen an sich selbst und eine Zeit, als alles noch anders war, vielversprechend, unbeschwert. Und, ganz wichtig, überlebenswichtig, eine riesige Fläche, schwarz oder weiß, an die sie all das heften konnte, was ihr neues Jetzt ausmachen würde: Buchtipps,

69

Filmkritiken, Theaterkarten, Postkarten, Einladungen, Listen voller Pläne, Zettel voller Träume. Sie würde allein sein und sie würde es lieben. So sehr.

Sie stellte die Musik ein wenig lauter, ging in die Küche und machte eine neue Flasche Wein auf. Mit dem Glas in der Hand ging sie durchs Wohnzimmer. Beschwingt. Fast tanzte sie. Es war nicht der Rotwein und nur ein wenig die Musik. Sie öffnete die Terrassentür. Die Sommernacht war kühl und feucht. Sie setzte sich auf die Holzstufen, die zum Rasen führten, und trank. Es war das vierte Glas minus einer verschütteten Hälfte. Wann würde sie es ihm sagen? Und wie? Und wo? Er würde es ihr erst nicht glauben. Dann würde er ausrasten. Oder würde er weinen? Nie und nimmer. SIE würde weinen. Und er? Er würde als Erstes fragen: „Wie heißt er?"

Sie würde schweigen.

„Wie heißt er?" Gebrüllt.

„Wie er heißt?!"

Er wäre aufgebracht. Waidwund.

Würde er sie schlagen wollen?

„Paul", würde sie hauchen, „Paul." Erstickt.

„Wusst ich's doch." Geschnaubt. „Alleine würdest du das nämlich nie packen."

Er würde nah herankommen. Spucketropfen in ihr Gesicht.

„Miststück."

70

Wut und Wut und Wut und Hass. Aber sonst gar nichts.

Sie hörte den Igel im Efeu rascheln. Wind kam auf, ganz leicht. So schade, dass Paulchen nie am Abend zu ihr kam.

Sie schloss die Tür zum Garten, schenkte sich nach, bemerkte, wie sie schwankte, und stellte die Musik noch ein wenig lauter. Sie tanzte und noch mehr Rotwein schwappte über. Sie stellte das Glas ab und fing an zu singen. Move yourself, you only live your life never thinking of the future. Sie sah sich in den großen Flächen der Fensterscheiben. Singen und tanzen und nur noch tanzen. Wie groß sie war, wie schlank, wie schön. See yourself. Und wie viele Jahre sie gebraucht hatte, um das zu sehen. Sie tanzte, als schaue die Welt ihr zu, die pure Freude, die Liebe. Für all das tanzte sie. Und sie weinte. Warum war sie so alleine? Warum nur? Warum war ihr Leben so? Warum? Ein kleiner Junge tauchte vor ihr in der Fensterscheibe auf. Er hatte ein Kissen im Arm, das er an sich drückte, ein buntes Kissen, auf dem kleine Lokomotiven um kleine Berge fuhren wie bei Jim Knopf. Sie starrte auf das Kissen in der Fensterscheibe. Sie kannte dieses Kissen. Sie starrte auf den Jungen in der Scheibe. Sie kannte auch ihn.

„Mama?!" Auch der Junge weinte.

„Finn!" Sie erschrak.

71

„Oh Gott, Finni." Sie beugte sich zu ihm hinunter. Sie drückte ihn an sich und er weinte noch stärker.

„Finni, Finni, Finni, warum schläfst du denn nicht?" Sie flüsterte, um ihn zu beruhigen. Sie spürte, wie er sich steif machte und erstarrte ebenfalls in der Bewegung. Sie schämte sich für ihren Rotweinatem, für ihren Suff. Für ihre Schwäche.

„Warte, ich mach' mal die Musik leiser." Sie versuchte, nicht zu lallen. Sie nahm ihn auf den Arm, auf beide Arme, wie lange sie das nicht mehr getan hatte, sie schwankte dabei. Es war nicht leicht, ihn zu halten und gleichzeitig die Anlage abzuschalten. Er war so schwer geworden, eigentlich kein kleiner Junge mehr und viel zu alt für bunte Lokomotiven, die um Berge fuhren. Sie schaffte es ohne umzukippen. Sie fühlte einen Schmerz im Rücken.

„So", machte sie und „schschschschsch". Er hatte die Arme hinter ihrem Kopf verschränkt und presste sein verschwitztes Haar in ihre Halsbeuge.

„Halsbeuge", dachte sie. Was für ein seltsames Wort. Halsbeuge, Beugehals, beugen, Beugehaft. Was für ein Unsinn. Sie bekam Angst, verrückt zu werden.

„Die Musik war so laut", murmelte Finn. „Echt."

„Entschuldige bitte, mein Schatz. Armer, armer Finn." Überdeutlich. Alkoholsprache. Jede Silbe betonend. Sie konnte ihn nicht mehr halten. Er rutschte an ihr ab.

72

„Lass mich runter."

„Uff", sagte sie.

Sie schaute ihm in die Augen.

„Ich hab dich gerufen, aber du hast mich nicht gehört. Oft."

„Das tut mir so leid."

„Und dann hab ich dich gesucht." Noch ganz verschlafen, immer noch verwirrt, sauer.

„Komm, wir gehen wieder ins Bett." Sie streckte ihm die Hand hin, doch er nahm sie nicht.

Er ging vor ihr die Treppe hoch. In seinem Zimmer brannte die Deckenlampe. Sie schaltete sie aus. Das Treppenlicht schien durch die geöffnete Tür – auf Bücher, die am Boden verstreut lagen, auf CDs, auf Socken, auf einen Teller, auf dem noch ein Rest von irgendwas lag, auf einen abgeliebten Plüschelefanten, auf Kaugummipapier, auf Turnschuhe, auf eine Ritterburg von Playmobil. Ein Überbleibsel, an dem er immer noch hing. Sie stiegen wie Störche durchs Chaos, sie dicht hinter ihm und weniger elegant. Stulle, Finns Hamster, hatte in seinem Laufrad die Reise zum Mond angetreten und hörte nicht mehr auf zu rennen. Was auch zum Heulen war.

Finn behielt sein Kissen im Arm und legte sich aufs Bett. Es sah unbequem aus, wie er da lag. Ungeschützt. Wie früher mit sechs oder sieben.

„Wann kommt Papa?"

73

„Bald, mein Schatz. Sobald du schläfst."

Auch dafür war er schon zu alt.

Ihr war übel.

„Soll ich mich zu dir legen?"

Er überlegte zu lange.

„Okay", meinte er.

„Okay", sagte sie, sehr leise.

Er schlief schnell wieder ein, während sie immer müder wurde, müder und nüchterner. Ernüchterter. Etwas in ihr sank unrettbar. Sie fühlte, dass sie bleiben würde. Sie zählte die Jahre, die ihr vielleicht noch bleiben würden, sobald Finn groß genug war. War sie denn „groß genug", so alt wie sie schon war? War sie nicht. Sie schluckte und schluckte noch mal und dann schlief sie ein. Sie träumte, und sie lernte durchzuhalten im Schlaf. Erholungsschlaf. Verdrängungsschlaf. Mit der Zeit bekam sie Routine im Schlafen.

Und einmal war Paulchen dann weggezogen, nach so vielen Jahren. An den Bodensee, hieß es. Von heute auf morgen. Auf übermorgen, auf immer. Ohne Vorwarnung, total überraschend. Der alte dicke Kater, er kam einfach nicht mehr. Grausame Nachbarn, hatten sie denn nichts bemerkt? Wie sehr sie ihn vermisste, wie weh es tat. Verrückt.

„Sag bloß, du heulst schon wieder wegen dem Scheißviech", meinte ihr Mann am Frühstückstisch, Krümel im Mundwinkel, die er dort beließ, die später im Kaffee schwimmen würden.

„Heulst du auch, wenn ich mal abhaue?" Er grinste so lange, bis die ausbleibende Antwort peinlich wurde.

„Sag schon."

Sie weinte weiter und schwieg. Sie wusste, was sie sagen sollte, er wusste, was sie sagen würde.

„Bestimmt nicht. Nie und nimmer."

Er lachte. Verlegen.

Finn warf ihnen über den Sportteil der Süddeutschen einen kurzen Blick zu. Vernichtend. Er hatte das alles so satt.

Ihr kam es wie die gerechte Strafe vor. Nur dass es so kurz war, das eine Leben, das sie hatte, das war schade. Das war etwas, über das sie nicht mehr hinwegkommen sollte. Diese Gewissheit. Dieses Wissen. Diese zu späte Erkenntnis.

Herzklumpen III

Sie begann zu ahnen, dass sie sich über den Kater mehr freute als über ihn. Ihren Mann. Den sie nicht mehr liebte. Nicht mehr SO. Sie stellte sich vor, dass es Hannes wäre, während sie Paulchen streichelte. Sie vergrub ihre langen Finger in seinem Bauchfell und er sprang auf und schmiegte sich gegen ihre Beine, verzückt, rallig. So konnte sie sich Hannes' Reaktion auch vorstellen. Sie lächelte und freute sich. Dabei biss sie sich auf ihre Unterlippe, unten links, knabbernd, nachdenklich. Eine Angewohnheit, die sie nicht abstellen wollte, jetzt nicht und nie mehr, die sie ihm näher brachte, die zu ihm und ihr gehörte. Hannes. Er hatte das ab und zu für sie übernommen. In ihren Träumen. „Warte, ich mach das für dich", und schon fing er an, an ihrer Unterlippe zu knabbern, sie einzusaugen. Danach hörte er gar nicht mehr auf. Sie riss sich aus ihrer angenehmen angenommenen Erinnerung heraus, bevor ihr Schoß diese besondere fordernde Wärme entwickelte, richtete sich auf und machte Frühstück, für ihren Mann, ihren Sohn, für sich. Im Radio lief „When Love Takes

Over" und ihr Lächeln wurde noch breiter. Ein doofes Lied, ein dummer Song. Trotzdem. Mit siebzehn hatte sie sich ganz genau so gefühlt. Und jetzt, jetzt, jetzt – jetzt auch. Bis ihr das schlechte Gewissen – oder was war es sonst? – in die Glieder fuhr, wieder, in den Magen, hinter die Stirn, zum beharrlichen Klopfen wurde, ein unangenehmes Pulsieren bis hinab zwischen die Augen. Aber das ging bestimmt bald wieder vorüber. Sie wusste es. Das Andere, das Wahre, es war so schön. So viel schöner als alles, woran sie sich erinnern mochte.

„Kommt ihr? Frühstück ist fertig!", rief sie mit betont leichter Stimme.

Er liebte alles an ihr und er sagte es ihr oft. Alles. Er liebte ihren Gang, ihre Stimme, ihr Philtrum.

„Mein was?"

Er schaute auf die auffälligste Stelle in ihrem Gesicht – sah man von den Augen ab – auf den schmalen lang gezogenen Steg zwischen ihrer Nase und ihrer Oberlippe.

„Das da. Was du Rotzrinne genannt hast."

„Die liebst du?!"

„Die alten Griechen haben noch was viel Schöneres darüber gesagt, aber das heb ich mir noch etwas auf für dich. Es ist zu früh."

„Ach, bitte. Bitte, Hannes."

77

Er schüttelte lächelnd den Kopf. Und WIE er lächelte.

„Nein."

Sie wusste, es war sein letztes Wort in dieser Sache. Er konnte sehr konsequent sein.

Er schaute weiter auf die Stelle. Er küsste sie mit den Augen. Und dort spürte sie ihn tagelang. Dort und überall und überall in ihr.

Er liebte ihr Lachen, er liebte, wie sie erzählte, wie sie Dinge beschrieb und Menschen, wie sie Luft holte, wie sie ausatmete, wie sie Kaffeetassen umfasste, wie sie schwieg, wie sie schaute, wie sie ihm zuhörte, er liebte ihre Hände, ihre raue Haut, ihren Duft, ihre Augen, ihre Falten, ihre Schwäche für ihn. Und doch, so unglaublich, so schmerzhaft, so unvorstellbar beherrscht, wie es war: Kein einziges Mal war zwischen ihnen mehr gewesen als ein längerer Händedruck, als die übliche Bussi-Bussi-Umarmung zur Begrüßung oder zum Abschied, eine flüchtige Berührung, ein freundschaftlicher Klaps, ein harmlos gestaltetes In-den-Armen-Halten. Nur Blicke. Wissend und tief und voller Hoffnung und Verzweiflung von Anfang an. Sie beide hatten so vieles gemeinsam, das sie hinderte. Da war so vieles, auf das sie Rücksicht nehmen mussten – ihr Mann, ihr Sohn, seine Frau, seine Tochter, die Folgen, der Schmerz. Sie mussten verzichten, wenn sie das alles nicht infrage stellen wollten. Aber wie? Wie geht Entlieben? Gar nicht. Auf gar keinen Fall. Weil ihr Herz sie nicht trog. Weil ihr Herz sie zu ihm hin zog. Weil es wehtat und zur gleichen Zeit stolperte vor Freude und Glück und lauter Liebe.

Sie war verrückt nach seiner Art zu sprechen, so freundlich, so mitfühlend, so gar nicht laut. Nach seinem Lächeln, seinem grauen Haar, seinem Witz, seiner Lebendigkeit, seiner Behändigkeit, seiner Schnelligkeit, seiner Wachheit, seiner Fürsorge. Nach seinen krummen Fußballerbeinen, seinen Fingernägeln, seinen Augenbrauen, seinen Zähnen, seinen Händen, die nach so viel Arbeit aussahen, seinen Gesten, seiner Angewohnheit ganz kurz die Augen zu schließen, jedes Mal, wenn sie sich wieder trennen mussten, so als helfe es ihm, dieses eine letzte Bild von ihr besonders lange zu bewahren. Sie mitzunehmen. Wenn SIE die Augen schloss, sah sie ihn stets so, wie sie ihn einmal gesehen hatte und wie sie ihn ihr Leben lang im Gedächtnis behalten würde: lachend, mit zurückgeworfenem Kopf und entblößter Kehle. Glücklich. Frei. Ein auf ewig abrufbarer Moment, gleichzeitig tröstlich und niederschmetternd. Grausam am Ende.

Er brachte ihr täglich Briefe, Päckchen, Werbebroschüren, Postkarten, Rechnungen und ganz selten mal ein Einschreiben. Hannes war seit drei Jahren

Briefträger. Und davor schon: angehender Profi-fußballer, Historiker mit abgeschlossenem Hochschulstudium, Hilfskoch, Gärtner, Ökobauer, Wanderführer, Deutschlehrer, Sozialarbeiter. Als er das erste Mal an ihrer Tür klingelte, vor über zwei Jahren, war sie genervt gewesen. Ihre Haare waren nass, und sie hasste es, wenn irgendjemand sie so sah – außer ihrem Mann und ihrem Sohn. Nie würde sie mit nassen Haaren auf die Straße gehen oder auch nur über die Straße. Sie fühlte sich hässlich und schutzlos, und das Handtuch, das sie sich um den Kopf geschlungen hatte, machte es nicht besser.

„Ja?" Sie hielt das Frotteetuch krampfhaft mit beiden Händen über ihrem Kopf zusammen. Ihr T-Shirt zog sich dadurch am Bauch hoch.

Er streckte ihr einen Umschlag hin. Neben der Briefmarke stand eine zweistellige Zahl.

„Du musst Nachporto zahlen." Er duzte sie. Einfach so. Kein Mensch seines Alters hatte sie jemals auf Anhieb geduzt, in den letzten zwanzig Jahren nicht. Sie schätzte ihn auf gut zehn Jahre älter als sich selbst und lag richtig damit. Zu diesem Zeitpunkt war er fünfzig und sie neununddreißig. Er war älter als ihr Mann.

„Entschuldige", fügte er hinzu. Lächelnd. Mit sehr blauen Augen. Meeraugen.

80

„Oh", machte sie und drehte sich nach ihrem Geldbeutel um, der auf einem antiken Schränkchen im Flur lag. Ein kleiner offener Flur, der sich zu einem großen, fast vollständig verglasten Haus hin öffnete, dessen Herzstück ein gewaltiges Bücherregal bildete. Sie hatte sich mit so viel Schwung umgedreht, dass das Handtuch zur Seite gerutscht war. Sie nahm es ganz ab und rubbelte damit über die nassen blonden Strähnen, verlegen.

„Schön", meinte er, als sie sich wieder zu ihm umdrehte, um ihm Geld zu geben. Er schaute in ihre Augen.

Schön.

„Wie viel?", fragte sie.

„Achtzig", sagte er.

Er schaute immer noch. Es war in Ordnung, fand sie.

Sie gab ihm einen Euro.

„Okay", sagte sie.

Sie senkte den Blick, um es zu beenden.

„Okay", sagte er und sah es ein.

Manchmal, an sehr heißen Sommertagen, fragte sie ihn, ob er ein Glas Wasser wolle oder so, und er wollte immer. Ab und zu trank er auch einen doppelten Espresso – darin ein winziger Schluck kalte Milch – und lehnte sich dabei an ihre Küchentheke.

Im Winter: heißer Tee. Ohne Milch. Oder sie bot ihm ein Stück Linzer Torte an oder selbst gepflückte Himbeeren oder Kartoffelsalat zum Versuchen oder Kürbissuppe zum Abschmecken oder Erdbeereis zur Abkühlung oder eine Portion vom Mittagessen. Einfach so. Wenn ihr Mann nicht da war, der Junge aber schon. Die Nachbarn witzelten, wenn sie sie beim Einkaufen oder bei den Anstandsbesuchen traf. Hier blieb nichts unbeobachtet, die Häuser standen dicht an dicht, die Gärten waren einsehbar und die Frauen in der Nachbarschaft hatten es nicht nötig, ihr Zuhause tagsüber für längere Zeit zu verlassen.

„Kein Wunder kommt die Post immer so spät, wenn der stundenlang bei dir hockt!"

Es hätte eine Vorwarnung sein können.

Aber sie war über jeden Verdacht erhaben. Sie war doch zu allen so nett: zu alten Frauen, kleinen Kindern, Hausierern, zu den Zeugen Jehovas, zu Mitarbeitern der Stadtwerke, zum Schornsteinfeger, sogar zu Kleinkriminellen, zu Nachbarshunden. Sie war die nette Nachbarin schlechthin. Manchmal war sie auch einfach ZU nett.

Ihr Mann vertraute ihr. Konnte er auch. Anfangs. Und auch davor schon immer. Hannes nahm immer mehr an ihrem Leben teil: Er bekam mit, wenn sie traurig war, wenn sie Pläne machte, wenn der

82

Junge gute Noten nach Hause brachte oder schlechte, er spürte ihren Schmerz, als ihre Oma starb, er bekam ihren Zorn mit, wenn sie Streit mit ihrem Mann gehabt hatte, er wusste, wann sie Geburtstag hatte, wann ihr Ehemann und wann das Kind. Er wusste, welches Buch sie las und welchen Film sie im Kino gesehen hatte. Das alles hatte sie ihm erzählt und wollte nie damit aufhören. Er schrieb aus seinem Postlerurlaub an die ganze Familie, türkisfarbene Karten aus Ikaria, wo er jedes Jahr mit seiner Familie über die Pfingstferien blieb und manchmal auch eine Woche im Herbst.

„Viele Grüße aus dem Paradies", schrieb er dann. Vier solcher Karten waren gekommen, geschlagene zwei Jahre mussten vergehen, bis ihr bewusst wurde, wie sehr sie ihn vermisste, wenn er nicht da war. Und dann, eines Tages, nach einer solchen Reise im Mai verriet ihr Körper ihr, was mit ihr los war. Sie erschrak, als sie hörte, wie der Briefkastendeckel des Nachbarhaus klapperte, als sie Schritte auf dem Kies vor ihrer Haustür hörte, seine Schritte. Sie bemerkte die Gänsehaut auf ihrem rechten Unterarm, sie schmeckte, wie trocken ihr Mund war, sie spürte, wie schnell ihr Herz klopfte und fühlte, dass es das seinetwegen tat. Wie sie sich freute auf ihn. Hannes, Hannes, Hannes. Er war der einzige Gedanke, den sie noch zulassen wollte.

Wann fing er an – der Betrug, mit dem sie nicht mehr klarkommen würde? Der ihr das Herz brechen sollte. Und seines. Ohne Hannes jemals geküsst zu haben. Ohne gespürt zu haben, wie sein Körper auf ihr Streicheln reagierte. Wo er aber doch ihr Hannes war und sie sein Ein und Alles? Dieses Herbeisehnen, dieses Habenwollen mit Haut und Haaren. Genau da fing er an, der Betrug, an jenem Mittag im Mai, als sie spürte, dass sie sich über ihn freute wie über nichts anderes, während draußen auf der Straße Kinder spielten, ein leichter Wind einsetzte und kleine Wolkentupfen über den Himmel trieben, während in einer Seitenstraße ein Auto hupend vorbeifuhr und jemand in der Nachbarschaft den Rasen mähte. Und dieses Samenkorn des Betrugs, der bisher nur aus Gänsehaut, Herzklopfen und Sehnsucht bestanden hatte, pflanzte sich in ihr fort. Natürlich tat es das. Und es wuchs und wuchs unaufhaltsam.

Sie wollte nicht mehr, dass der Junge da war, wenn Hannes kam. Also schickte sie ihn zum Mittagessen zu einem Freund. Oder überredete ihn, in der Schule zu essen. Dann fing sie an, sich extra zurechtzumachen. Ertappte sich, wie sie ungeduldig aus den Fenstern nach Hannes Ausschau hielt.

Sie dachte nur noch an ihn.

Auf das hämische „Kein Wunder, kommt die Post immer so spät, wenn der stundenlang bei dir hockt!"

reagierte sie jetzt ohne Humor und Schlagfertigkeit, dafür mit merkwürdigen Ausflüchten.

Sie dachte nur noch an ihn.

Es gab nur noch ihn.

Sie kaufte Kleider, von denen sie glaubte, dass sie ihm gefallen würden, sie ging zum Friseur für ihn, sie suchte kleine Geschenke für ihn aus, sammelte witzige Zeitungsartikel für ihn, traurige, rührende. Schrieb kleine Zettelchen für ihn, die er erst lesen durfte, wenn er mit der Arbeit fertig war, sie kochte für ihn, sie erzählte ihm alles und er erzählte ihr alles von sich. Sie konnten und wollten sich alles sagen. Sie lebte für ihn. Sie konnte gar nicht anders.

Sie dachte nur noch an ihn.

Er dachte nur noch an sie. Er nannte sie „Bambi" wegen ihrer Rehaugen, und sie ihn „Danny", nach der Figur eines Buches, das sie sehr mochte. Sie fanden sich kein bisschen albern. Bambi und Danny und Bambi und Danny und Bambi und Danny. Für immer und immer wieder.

Sie dachte nur noch an ihn.

Es gab dann diesen Moment, in dem ihr bewusst wurde, was sie tat und wie es möglicherweise enden würde, wenn sie nicht aufhörte, wenn sie beide nicht aufhörten. Sie kniete gerade im Garten und schaute nach, wie trocken der Boden unter den Pfingstrosen war, ob sie Wasser brauchten. Und sie dachte an ihn

85

und: Lass es jetzt aufhören, jetzt, genau jetzt, wo es noch unschuldig ist und wir keinem wehtun. JETZT. Aber auch das ging vorüber. Sie wusste nicht, ob das gut war.

Er schrieb ihr Briefe. Ohne Porto.

„Die kriegst du umsonst", sagte er mit seinen schönen blauen Augen. Wunderschöne Briefe. Briefe, in grüner Tinte, die sie aufbewahrte und immer und immer wieder las. Die sie zwischen ihren Winterpullis versteckte, die sie an sich drückte, deren Duft sie einatmete. Seinen Duft. Sie brachte ihm den Spaß am Lesen wieder bei, machte ihm Lust auf Zeitungsgeschichten und Lieblingsromane, und er ihr das Schauen. Sie sah sich Wolken an und Bäume und Blüten und Blumen, den Himmel, die Sterne, den Mond und empfand ganz anders als zuvor. Sie spürte IHN in allem. Und er spürte sie. Nachts schliefen sie wenig, tagsüber aßen sie das Nötigste. Dafür tranken sie am Abend umso mehr Wein, jeder für sich, verzweifelt, alleingelassen, niemals zusammen. Sie hatten Angst davor, was passieren könnte, passieren würde, passieren musste. Sie waren behutsam miteinander. Und mit den anderen. Sie kamen beinahe um vor Sehnsucht. Fast. Und sie fühlten sich schlecht und als schlechte Menschen.

Sie zuerst. Eigentlich von Anfang an. Und mit jedem Tag fiel es ihr schwerer, in den Spiegel zu schauen.

86

Es war ihr unmöglich, ihren Mann so zu lieben wie früher. Wenn er ihre Hand nahm, wünschte sie, es wäre SEINE. Wenn sie Zeit miteinander verbrachten, wünschte sie sich fort zu IHM. Und sie träumte in jedem Schlaf von Hannes, stellte sich dabei ALLES vor und machte Pläne, in denen nur sie beide Platz hatten. Reisepläne, Lebenspläne, Fluchtpläne. Ab nach Ikaria. Oder sonst wohin. Doch sie blieb und machte wie gewohnt weiter und konnte nicht anders. Sie betrog ihren Mann und sich und den Jungen und verriet ihr bisheriges Leben. Wenn auch nur in Gedanken. Die Folgen, dachte sie, die Folgen. Wenn ihr Mann mit ihr schlief, stellte sie sich vor, es wäre ER. Wenn er sie leckte, dachte sie sich SEINE Zunge. Wenn sie sich selbst befriedigen wollte, schnappte sie sich „Sabbaths Theater" aus dem Bücherregal, las, tauchte ein, schenkte IHM die Hauptrolle und verlor sich.

Betrug, Betrug, Betrug.

Was war sie nur für ein Mensch.

Es zerriss sie.

Der Tag, an dem ihr klar wurde, dass sie Hannes verlassen musste, fing schön an. Mit Vorfreude. Mit Vorfreude auf den Kuss, den sie ihm geben würde, den sie ihm gestatten würde, der Kuss, der ihr vielleicht helfen würde, sich zu entscheiden, zu gehen, zu bleiben. Ganz neu anzufangen. Hannes. Und als er dann in der Tür stand, die Augen voller Liebe, seiner Liebe nur für sie, da spürte sie, dass es schon entschieden war. Dass sie ihn nicht küssen durfte. Nicht so. So gestohlen. So im falschen Leben. Sie wollte nicht. Nie und nimmer. Sie wollte ihm ganz gehören oder gar nicht mehr. Sie war entsetzlich feige und am Ende.

Sie würde bald eine dieser toten Ehefrauen sein.

Ihr klumpiges Herz. Es setzte aus. Ab und zu. Geschah ihr das recht?

„Mein lieber, lieber Kater."

Ihre Stimme liebkoste Paulchen. Sie kraulte den Kater hinter den Ohren, unter dem Kinn, sie strich seinen Rücken entlang bis zum Schwanzansatz, wo er es am liebsten mochte.

„Sag bloß, der Scheißkater ist schon wieder da", rief er vom Bad in die Küche hinunter, weil er sie mit ihm sprechen hörte.

„Mama gibt ihm schon wieder Käse", schrie der Junge nach oben.

„Komisches Viech", sagte er beim Runterkommen, „ich hab ihn noch nie gemocht."

Dann frühstückten sie gemeinsam. Es würde ein schöner Tag werden.

Herzklumpen IV

Er hatte genug von ihr: von ihren zerkratzten Händen, von ihren Hautschüppchen, die sie überall zurückließ und die er überall entdeckte. Im Badezimmer, auf dem Sofa, unterm Esstisch, neben der Toilette. Auf seinen dunklen Hemden. Genug davon, dass sie seine schwarzen Socken mitbenutzte. Dass sie Sätze für ihn zu Ende sprach. Dass sie zu jeder Tages- und Nachtzeit, ganz egal, wo sie war, einfach einschlafen konnte, wenn sie das wollte. Ganz im Gegensatz zu ihm. Er lag meistens wach. Genug davon, dass sie nachts Handschuhe tragen musste, dass sie redete im Schlaf und mit den Zähnen knirschte. Dass er sie am Hals hatte. Dass sie ihn liebte, immer noch. Dass sie ihr Haar mit Spray zukleisterte. Ihn nervte es, wie sie lachte. Die tiefen Falten auf ihrer Stirn. Ihr Mundgeruch am Morgen. Ihr abartiges Essverhalten. Abends aß sie grundsätzlich nichts mehr, am Morgen und am Mittag so wenig, dass ihm schlecht wurde, wenn er nur zuschaute, wie sie jedes Gramm Käse auf die Waagschale legte, aber nicht auf ihr geliebtes kalorienarmes Knäckebrot. Wie dünn sie geworden war, wie knochig. Wie sie ihn anlächelte, wie sie sich anzog. Wie sie stöhnte und gleichzeitig lachte, wenn sie kam. Die Hektik, die sie verbreitete, wenn sie gestresst war. Wie viel Wein sie vertrug. Ihre traurigen Lieblingslieder, ihre merkwürdigen Lieblingsfilme, ihre beste Freundin. Die Postkarten und Fotos, die sie an den Kühlschrank klebte. Ihre Säuselstimme, wenn morgens der Nachbarskater zu ihr in die Küche kam. Dass sie grundsätzlich den Kulturteil der Zeitung zuerst las.

Wie ihn das alles ankotzte.

Wie sie ihn ankotzte.

Andererseits war es immer noch bequemer so als ohne sie. Und irgendwie doch noch auszuhalten – vor allem für den Jungen. Für ihn ertrug er sie. NOCH. Er war selber ein Scheidungskind gewesen und hatte sich geschworen ... Er würde es auch noch weiter durchstehen. So selten, wie er zuhause war. Kein Problem. Er konnte jederzeit wegbleiben. Beruflich bedingt. So schaffte er beides. War Ehemann und Ehebrecher. Das funktionierte schließlich schon eine ganze Weile. Aber sie war nicht dumm. Vielleicht spürte sie was. Womöglich.

Heute war es mal wieder so weit. Er brauchte eine Auszeit.

„Kann sein, dass es später wird heute Abend."

Der Übliche.

„Schon wieder?"

„Du kennst doch den Laden."

„Du Armer. Armer Schatz."

Wie sie ihn anschmachtete. Nicht auszuhalten. Kotz, kotz, kotz.

Am liebsten würde er es jetzt sofort sagen. Wohin er wirklich ging. Zu ihr. Tagelang hatten sie sich nicht gesehen, nicht berührt. Nur kurz telefoniert.

Aber er würde sie heute wiedersehen! Dafür war ihm nichts zu viel. Oh, er war verrückt nach ihr. Total verrückt.

Anfangs, als er sie zum ersten Mal als Frau wahrgenommen hatte, dachte er noch, er hätte sich getäuscht. Ihre Signale falsch gedeutet. Obwohl sie deutlicher nicht hätte sein können. Er war bei so was schon immer blöd gewesen. Die Frauen mussten ihn mit der Nase drauf stoßen, auf sich. NORMALE Frauen. Aber so eine war sie nicht. Sie war – diskret, dezent. Fein. Und doch umwerfend. Wunderbar. Und! Ein Rasseweib. Auch das noch. Und es war er, den sie wollte. Nur IHN. Mit Haut und Haaren. Sie war unersättlich. Sie war so geil. Und wie gut sie roch. Wie schön sie war. Er hielt es nicht aus ohne sie. Er wollte es nicht mehr aushalten müssen ohne sie. Konnte es nicht mehr können.

Der See war flaschengrün, kalt und tief an diesem Bilderbuchsommertag. Ein leichter Wind kräuselte die Wasseroberfläche und brach das Spiegelbild der hohen schneeweißen Sommerwolken. Ein Silberreiher stakste durchs Schilf.

„Komm, wir gehen noch mal rein."

Sie nahm seine Hand und zog ihn hoch. Sie ließ ihn nicht los. Sie wollte, dass er mit ihr zusammen losrannte.

„Hey." Er packte sie. Mit dem rechten Arm umschloss er ihren Rücken, mit dem linken fuhr er ihr unter die Kniekehlen und hob sie hoch. Er trug sie zum Ufer und sie wehrte sich nicht. Sie schmiegte sich an ihn, mit ihrer Wärme, ihrer Haut. Völlig hingegeben.

„Das tust du nicht." Alles an ihr lächelte: ihre Augen, ihr Mund, ihre Zähne.

Er stand knöcheltief im Baggersee.

„Stimmt, tu ich nicht."

Er küsste sie. Lang und tief, so lang und tief, wie er es nur mit ihr konnte.

Gestohlene Stunden. Er wollte so viel mehr davon, wollte sie sich zusammenstehlen, wann immer es ging.

Verdammt noch mal: Warum auch nicht? Er hatte doch nur dieses eine Leben. Das war ihm bewusster denn je. Und er hätte nie gedacht, dass ihm das noch

92

mal passieren könnte. Eine Liebe. So eine Liebe. Wirkliche Liebe. Er dachte nur noch an SIE, an ihr Gesicht, ihre Bewegungen, ihr Lachen, ihre Worte, wo er ging und stand und atmete. Die Welt war so ungleich viel schöner. Er arbeitete sogar mehr und freudiger als früher, er war effektiver, gelassener, freundlicher, umgänglicher, und seine Umgebung nahm es wohlwollend wahr. Er machte noch mehr Sport als früher, Joggen, Schwimmen, Fitnesscenter. Er war in Topform und sein Körper fühlte sich jünger, vitaler und fordernder an. Er war geil. Immer. In seiner Fantasie schlief er ständig mit ihr. Er war endlich angekommen. Dachte er. Und er wünschte sich, dass es immer so bliebe. So konnte es weitergehen, immer weitergehen. Er hatte nicht das Gefühl, dass er sich entscheiden müsse. Er dachte an ihren Duft, an ihr Parfüm, an ihre weiche Haut, an ihre geschlossenen Augen, wenn sie auf ihm lag, an ihre offenen großen grünen Augen, wenn sie auf ihm saß, an ihr dunkles schweres Haar, an ihre langen Beine, an ihre versteckten Leberflecke, an ihre vollen Brüste, an ihre muskulösen Schenkel. An ihre unglaublich sinnlichen Bewegungen. Wie lüstern sie sein konnte, wie leicht zu erregen. Wie gierig sie ihn aufnahm und in sich behielt. Oh Gott. Er wurde schon wieder steif.

„Soll ich den Gärtner kommen lassen?“

93

Er antwortete nicht. War noch im Bett mit IHR.

„Wegen der Hecken, weißt du."

„Was?"

„Ob ich den Gärtner kommen lassen soll." Ihre Stimme, verständnisvoll.

„Wegen der Hecken", fügte sie hinzu, „höchste Zeit."

„Mach ruhig", sagte er, „ich komm gerade zu gar nichts."

Scheiß auf die Hecken, dachte er.

„Du Fleißbär", sagte sie, nahm seine Hand und streichelte sie. Lächelnd. Er ertrug sie einfach nicht mehr, diese Scheißfürsorge.

Eklig.

Eine perfekte Köchin war sie, eine perfekte Gastgeberin, eine perfekte Nachbarin, perfekte Zuhörerin, perfekte Putzfrau, perfekte Hausfrau. Die perfekte Mutter. Basteln und nähen und werkeln und gärtnern und töpfern und trösten und fordern und ermutigen und anfeuern und tadeln – nichts dran auszusetzen. Gar nichts. Nur: Der Junge hing dermaßen an ihr, dass es fast schon nicht mehr normal war. Das ging so lange in Ordnung, wie sie ihn gut versorgte und erzog. Aber ein Weichei sollte und würde er nie werden. Dafür sorgte er schon. Fußballspielen musste er, auch wenn es ihm keinen Spaß machte. Vor jedem Wochenende, vor jedem Spiel hatte der Junge

Angst. Bauchweh. Schweißausbrüche. Und Schwimmen im Verein war Pflicht, Montagabend und Donnerstagabend. Und EIN Instrument. Der Junge quälte sich und seinen Saxophonlehrer. Und war irgendwie alleine. Für Freunde hätte er gar keine Zeit gehabt.

„Ich wäre damals froh gewesen, ich hätte all das machen dürfen."

„Du verzärtelst ihn."

„Dann heult er halt."

Wenn er nach Hause kam, schlief sie meistens schon, lange nach dem Jungen, aber auch lange vor ihm. Über dem Esstisch ließ sie dann immer die Lampe brennen, im Kühlschrank oder auf dem Herd stand noch Essen für ihn. Jeden Abend. Ein Zettel lag für ihn auf dem kleinen antiken Schränkchen im Flur, mit kleinen liebevoll gemeinten Sätzen wie:

„Schlaf schön, mein Schatz."

„Hoffentlich war dein Tag nicht so stressig. Kuss, Kuss, Kuss."

„Ich lieb' dich so."

„Du hast mir gefehlt."

„Schade, dass wir den Abend nicht gemeinsam hatten."

„Erhol dich gut vom Tagesstress."

Jeden Abend.

Neben seinem Bett ein Glas Milch. Milch. Jeden Abend.

Nie rührte er das Essen an, nie die Milch, nie schrieb er ihr. Schon ewig nicht mehr. Er schlief nur noch mit ihr, wenn sie ihn darum BAT, weinend und flehend. Sie wollte ihn regelmäßig spüren. Seine Zuneigung, ihre Gemeinsamkeit. Er tat ihr meistens den Gefallen. Er schloss die Augen dabei und vögelte SIE. Ohne schlechtes Gewissen.

Was war er nur für ein Mensch.

Wann hatte er aufgehört sie zu lieben? Schwer zu sagen. War es überhaupt jemals Liebe gewesen? Natürlich, oder ... doch eher NICHT. Wie es sich anfangs wohl angefühlt hatte? Vergessen. Dass er sie mal gewollt haben musste. Richtig gewollt. Unglaublich.

Von ihm aus konnte sie das Haus haben. Obwohl. Eine seiner Lieblingsfantasien fand hier statt, hier in diesem Haus: Sie befummelten sich in der Sauna und machten anschließend im Pool weiter. Oder auf den Bauhaus-Sofas. Auf den Eames-Stühlen. Auf dem Corbusier-Esstisch aus Glas. Sie mit gespreizten Beinen und nacktem Hintern auf dieser Glasplatte, auf die sein Saft tropfte, während er sie vögelte. Wie megageil. Andererseits war das Haus so sehr Teil dessen, was er gewesen war, was sie gewesen waren, was er vorgegeben hatte zu sein, dass es besser war, er nahm davon Abschied. Weg mit allem, was ihn daran erinnern konnte. Schadensbegrenzung. Sage ihm noch einer nach, er sei kleinlich, geizig. Schwabe.

96

Keine Träne würde er weinen. Keine einzige. Nur mit dem Jungen musste er sich noch was einfallen lassen. Wochen-, monatelang würde er sich später fragen, warum er auf die Idee mit Salem nicht schon viel früher gekommen war. Wäre SOWIESO das Beste. Die Superlösung, der Stein der Weisen. Es war genial. Er war genial. Schlicht und ergreifend – genial. Er konnte alle Probleme lösen. Wie leicht es ihm von da ab ums Herz war.

Klaus und Vicky würden zu ihm halten. Sie waren von Anfang an schon immer viel mehr seine Freunde gewesen als ihre. Er hatte sie sozusagen mit in die Ehe gebracht. Dito Sven und Kirsten, Ute und Steffen. Und bei Rolf war derzeit alles ähnlich im Umbruch wie bei ihm. Wie er sich freute, sie ihnen endlich vorstellen zu können. Seinen Engel, seine Traumfrau. Seine Seelenfreundin. Seine große Liebe. Die größte von allen. Und wie gerne er ohne Frau und Kind verreisen würde, nur noch mit ihr: Karibik, Seychellen, Mauritius. Knutschen in der Brandung, wilden, grenzenlosen, spontanen, hemmungslos sich entladenden Sex unterm Sternenhimmel. Sie genießen, sie nie wieder loslassen müssen, für immer und ewig. Das wär's. Sie war sein Jungbrunnen. Er fühlte sich wie fünfunddreißig. Allerhöchstens.

Er wäre auch alles andere endlich los. Auch ihre bucklige Verwandtschaft, ihre bescheuerte Schwes-

97

ter, ihren grenzdebilen Schwager, seine treudoofe Schwiegermutter, seinen Klugscheißer-Schwiegervater. Ihre Literaturkreistanten, ihre Elternbeiratswichtigtuerkollegen, all die Schrottfiguren und Lebensuntauglichen, für die sie ihr großes Herz öffnete, von denen sie sich benutzen und ausnutzen ließ. Er würde keinen davon vermissen, sie wären einfach weg. Ihr schwuler Briefträger, die alte Kuh aus der Nachbarschaft, die missratenen Bälger von gegenüber, all die Vereinsmütter mit ihren Korksohlensandalen, praktischen Kurzhaarfrisuren und Hängebrüsten. Oder all die Schicki-Micki-Tussis, die sie kannte, die in einem nicht zu gewinnenden Endspurt verzweifelt versuchten, noch irgendwas aus sich rauszuholen – mit Hilfe von Nackentattoos, Extensions, Botox-Behandlungen, Gesichtsoperationen oder allem zusammen. Weiber. SIE war so ganz anders als alle Frauen, die er bis dahin gehabt hatte. So einzigartig, so umwerfend, so unbeschreiblich un-beschreib-lich. Und das Allerschärfste war: Sie war nicht etwa jünger als seine Frau, auch nicht gleich alt – sie war ganze zwei Jahre ÄLTER. Der Wahnsinn.

Wahrscheinlich würde sie in ihren alten Beruf zurückgehen müssen und wieder arbeiten gehen – falls sie überhaupt noch wusste, wie das ging. Im Leben stehen. Nicht in der Aula beim Kuchenverkaufen, nicht beim Bäcker in der Schlange und schon gar nicht hinter ihrem faden Söhnchen – der schließlich auch und vor allem sein Sohn war –, der garantiert zehn Mal besser ohne sie zurechtkommen würde, wenn sie ihn nur mal machen ließe. Die Welt war da draußen, wo sie seit Jahren nicht gewesen war und er sich für sie Tag für Tag den Arsch aufgerissen hatte. Er hatte Erfolg gehabt und Kohle gemacht. Sie hatte nur vor sich hin gelebt. Ohne ihn wäre sie gar nichts. Allerhöchste Zeit, dass sie das begriff.

„Kannst du das verstehen?", hatte sie ihn gefragt und ihn mit schreckensgeweiteten, tränenumflorten Augen angesehen. So. Unerträglich. Langweilig.

„Was?"

„Dass aus Liebe Hass wird. So ein gnadenloser Hass."

Sie zeigte auf eine kleine Meldung im vermischten Teil der Süddeutschen: Mann erschlägt Ex-Freundin mit Hammer.

„Wie grauenvoll das ist, wie traurig." Ihre Stimme brach.

„Einfacher wär's gewesen, er hätte sie verlassen, das wäre das Sinnvollste gewesen. Was hat er denn jetzt davon, wenn sie ihn einsperren?", sagte er und biss in sein Honigbrötchen.

„Was war denn da?", fragte der Junge von der anderen Seite des Tisches, noch verschlafen, noch nicht ganz da.

99

„Nichts", sagte sie.

Als er in der Nacht nach Hause kam, lag die Zeitungsmeldung ausgeschnitten auf dem Schränkchen im Flur. Auf dem Zettel daneben stand:

„Er HAT sie verlassen, aber sie hat ihn zuvor mit einem anderen betrogen und darüber ist ER nicht weggekommen." Das erste „hat" und das zweite „er" waren zwei Mal unterstrichen.

Und darunter, wieder mal: „Ich lieb' dich so."

Er trank noch eine halbe Flasche Rotwein, obwohl er schon von mehreren Gläsern bei ihr ziemlich betrunken war. Er stand in der Küche und schaute durch die gläserne Tür nach draußen ins Dunkel.

Die Edelstahltreppe knackte, als er nach oben ging. Sie schlief fest. Sie schwitzte und sagte etwas im Schlaf, das er nicht verstand. Es hörte sich an wie „genesen" oder „gewesen". Dann war Stille. Vom Treppenhaus mit all den Büchern, seinen und ihren, fiel Licht durch den Türspalt ins Schlafzimmer. Ihr Mund stand offen, sie hatte eine Schleimspur aufs Kissen gesabbert.

Obwohl er sehr müde war, schlief er schlecht ein.

„Mein lieber, lieber Kater." Ihre Stimme liebkoste den fetten Kater aus der Nachbarschaft. Paulchen. Er hörte mit schräg geneigtem Kopf zu, wie sie gurrte und schnurrte und lockte und wisperte und nicht aufhörte damit.

„Sag bloß, der Scheißkater ist schon wieder da", rief er vom Bad in die Küche hinunter. Er ertrug sie nicht mehr. Nichts von ihr, nichts an ihr. Ihre Stimme, ihr dämliches Getue, ihr gemeinsames Leben, ihr Familen-Ding, ihre Heile-Welt-Kacke, all das ging im so unsäglich auf die Nerven.

Nachher sag ich's ihr, wusste er.

„Mama gibt ihm schon wieder Käse", schrie jetzt der Junge nach oben.

Weichei-Petzer. Dachten sie beide. Es war ihre letzte Gemeinsamkeit.

„Widerliches Viech", sagte er beim Runterkommen, „ich hab den noch nie gemocht."

Nachher, wenn der Junge weg ist. Das ist der richtige, der letztmögliche Moment.

Gleich, dachte er.

„Gibt's heute denn kein Honigbrötchen?", fragte er und setzte sich.

„Doch, natürlich, mein Schatz", sagte sie, „wie immer, mein Lieber."

101

Herzklumpen V

Sie soff sich zu Tode.

Unter den Linden

Ein Glück hab ich keine Höhenangst. Jedenfalls nicht, dass ich wüsste. Mehr als drei Stockwerke hoch war ich noch nie. Das war auch gleich die erste Frage, die sie mir gestellt haben.

„Haben Sie Höhenangst?"

„Wer? Icke? Wie kommense'n da druff? Nö", hab ich geantwortet, „nicht dit kleenste bisschen." Was auch stimmt!

Sie haben mich ja schließlich nicht gefragt, ob ich vielleicht ein ängstlicher Mensch bin. Oder ob ich schon mal vor irgendwas Angst hatte. Oder ob Angst in meinem Leben irgendeine Rolle spielt. Oder so. Dann hätte ich nämlich ein bisschen schwindeln müssen. Oder mir die Antwort zumindest gut überlegen. Und für so was brauch ich Zeit. Wäre also vielleicht ein bisschen schiefgelaufen das Ganze. Aber so? Musste ich nicht überlegen und nicht lügen.

„Prima, Herr Mustermann", haben Sie gesagt, und der eine hat mir ganz feste die Hand geschüttelt, „wann können Sie denn anfangen?"

Herr Mustermann, das bin ich. So heiß ich nämlich. Peter Mustermann. Kein Witz jetzt, auch wenn die meisten das vielleicht lustig finden. Aber bitte. Ich find das schon lange nicht mehr zum Lachen. Nur Hans Mustermann wäre noch schlimmer.

Im Rausgehen haben sie dann auch noch gleich nach meiner Hemden- und Anzugsgröße gefragt (Hemden 38, das weiß ich, Anzug hab' ich geraten) von wegen der Arbeitskleidung. Und das war's dann. „Man sieht sich", hab' ich noch nett sagen wollen, aber da war die Tür schon hinter ihnen zu. Ich hab dann noch in Ruhe meinen Kaffee ausgetrunken und mir noch zwei Waffelröllchen vom Keksteller genommen.

Dann hab ich noch ein bisschen darüber nachgedacht, was ich denen alles nicht gesagt habe. Dass ich Angst habe, dass meine Mama stirbt. Dass ich Angst davor habe, dass der Riss an meiner Schlafzimmerdecke größer wird, dass der Hund von Frau Schlüfter mir wieder hinterherkläfft und alle sich umdrehen und glotzen. Dass die Sauerkirschmarmelade alle ist und ich vergessen habe, neue zu kaufen, dass der Nagel am zweiten Zeh meines linken Fußes wieder blau wird und sich löst, dass ich vor meiner Mama sterbe, dass es mit der Arbeit wieder nicht klappt, dass sich weiterhin keine einzige Frau für mich interessieren wird oder jedenfalls nicht so richtig, dass keiner mehr da ist, kein Einziger, nur noch ich, dass ich immer dünner werde, dass ich so was Schönes wie „Peter und der Wolf" nie mehr hören kann, dass ich nichts mehr sehe, dass ich meine Halskette verliere, dass ich unseren Haustürschlüssel verliere oder meinen Personalausweis oder meine AOK-Versichertenkarte oder alles zusammen, dass Mama nichts mehr essen möchte, dass der Sommer mal ausbleibt, dass wir aus der Wohnung raus müssen.

Mehr ist es aber echt nicht.

Meine Mama und ich wohnen in der Simon-Dach-Straße 41 A in Friedrichshain. Wir wohnen im dritten Stock und Mama ist nicht mehr so gut zu Fuß und hat auch ein bisschen hohen Blutdruck. Aber sonst? Alles bestens. Mein Wecker klingelt jeden Morgen um halb sieben – ob ich Arbeit hab' oder nicht. Ich wache meistens schon vor dem Läuten auf und freu mich über die geschenkten Minuten, in denen ich einfach nur so daliege und wach werde. Oder an mir rumspiele. Oder mir einen Plan mache für den Tag. Oder, wie jetzt im Sommer, zuschaue, wie sich die Blätter der Linden vorm Fenster im Wind hin- und herbewegen. Ich mag Linden. Sie riechen so süß. Und sie sorgen für schönes Licht in meinem Zimmer. Vom Bett aus betrachtet, könnte mein Zimmer auch mitten im Wald sein, hoch oben in den Zweigen. Aber nur, wenn man aus den beiden

Fenstern guckt, die zur Simon-Dach-Straße rausgehen. Auf der rechten Seite zur Grünberger Straße hin kann ich die Fenster der anderen Häuser sehen. Keine Linden mehr. Trotzdem schön.

Genau auf der Ecke ist unser kleiner Balkon, auf den zwei Stühle und ein winziger Tisch passen, sodass immer einer von uns auf die eine und der andere auf die andere Straßenseite sehen kann. An warmen Abenden schieb ich Mama meinen Korbsessel zur Tür hin, für die Stühle ist sie zu dick. Ich schieb also den Sessel hin und sie setzt sich drauf. Dann drück ich mich seitlich am Sessel vorbei auf den Balkon und reiche ihr den kleinen Goldrandteller mit Apfelschnitzen, den ich schon vorbereitet habe. Apfelschnitze mag sie gerne. Ich setz mich auf den rechten der beiden Stühle und zusammen schauen wir in die Linden.

„Die stehen noch, wenn ich schon lange nicht mehr da bin, oder?"

Das sagt sie oft und sie hört sich dabei jedes Mal ganz zuversichtlich an. Und ich nicke dann genauso zuversichtlich.

„Dauert aber noch eine Weile", sag ich dann immer, damit unsere Zuversicht nicht nur die Linden trifft.

Morgens ist die Simon-Dach-Straße am ruhigsten. Die Kneipen haben noch zu und die Besoffenen, die

106

noch vor ein, zwei Stunden auf dem Heimweg laut rumgegrölt haben, schlafen jetzt irgendwo ihren Rausch aus. Die Laster, die den Nachschub an Bier bringen, kommen meistens nicht vor acht. Dann ist es am schönsten hier, finde ich von meinem Bett aus.

Ich brauche nicht lange im Bad, obwohl ich jeden Morgen dusche. Ich hab ganz kurze Haare, die schere ich mir immer selber mit dem Rasierer. Und morgens wasch ich sie einfach in einem Schwung so mit, mit Seife. Die Kleider für den nächsten Tag leg ich mir abends immer schon auf dem Hocker im Bad zurecht. Meinen Schlafanzug häng ich an den Haken an der Tür und zieh mich dann sofort an. Ich mag es nicht so gern, wenn meine Mama mich nackt sieht. Um ins Bad zu gehen, muss ich nämlich an ihrer Tür vorbei und ich weiß nie so genau, wann sie aufsteht und rauskommt. Während ich dusche, hör ich ja ihr Schlurfen nicht. Herrichten und Anziehen kann sich meine Mama alleine, es dauert nur ziemlich. Ich bin stolz auf sie, weil sie sich nicht gehen lässt, so wie das viele in ihrem Alter machen. Sie müffelt nie und ihre Gesichtshaut ist ganz rosig und fest. Vielleicht auch, weil sie eben so dick ist.

Wenn ich aus dem Bad komme, steht sie meistens schon in ihrem geblümten Morgenmantel in der Küche und schmiert unsere Brote mit Margarine und Sauerkirschmarmelade. Sie isst drei, ich zwei.

107

Seit Jahren ist das so und soll auch so bleiben. Dazu gibt's Löslichen, das geht am einfachsten. Wir sitzen uns am Küchentisch gegenüber, ich mit dem Rücken zum Fenster, und ich spür die Linden hinter mir.

Spätestens um halb acht geh ich. Wohin? Kommt drauf an. Auf alle Fälle erstmal zur S-Bahn-Station Warschauer Straße und von dort in Richtung Mitte.

Ich weiß nicht, warum aus mir nichts Richtiges geworden ist, und ich wüsste es auch nicht so gerne. Wenn ich's diesmal wieder nicht packe, dann weiß ich auch nicht.

Wenn ich keine Arbeit habe, also meistens in den letzten Jahren, bin ich den ganzen Tag zu Fuß unterwegs. Ich lauf und lauf und lauf. Wenn's regnet? Egal. Ich lauf auch durch Schneegestöber. Sehr gern sogar. Und ich steh auch auf den eisigen Ostwind, der regelmäßig durch die Stadt bläst. Am späten Nachmittag geht's dann wieder heim. Auf dem letzten Stück bis zu unserer Wohnung geh ich in den Supermarkt und hol Mama und mir etwas zum Abendessen. Wir essen am liebsten Deftiges. Jeden zweiten Tag gibt's Mettwurstbrote mit Essiggürkchen, für mich zwei Bier dazu, für Mama eines. Tagsüber ess ich nie was. Meine Mama auch nicht, höchstens mal ein Marmeladenbrot. Sie fragt mich nie, wo ich war. Sie erzählt mir, was sie sich den Tag über im Fernsehen angeschaut hat. Ich liebe meine Mama.

Aber ich hätte auch gerne eine Frau. Mit der würde ich dann auch auf dem Balkon sitzen, wenn Mama mal nicht mehr da ist, unter den Linden, im Sommer. Im Winter ist es in unserer Wohnung so kalt, dass wir in mehreren Pullovern und unseren Wintermänteln schlafen müssen. Ich weiß nicht, wie lange das meine Mama noch schafft. Ich hoffe, noch lange, dann könnte ich ihr meine Frau noch vorstellen.

Wenn ich in zwei Tagen auf dem Alex anfange, lern ich vielleicht dort eine kennen, die auch Mama gefällt.

Ich denke, ich werde hingehen.

Beine wie Kastanienmännchen

Das Lokal war hässlich. Braun, beige, orange, mit Sechziger-Jahre-Teppich und Quadratmuster an den Wänden. Zu abgelebt, zu oft abgestaubt, das Ganze, zu oft gewienert und gesaugt, um wieder hipp zu sein. Kleine Sitzgruppen mit roten Samtbezügen umgaben eine Bar, an der die üblichen Gestalten ihren vorletzten Absacker nahmen: zwei verschwitzte Männer, die nach Geschäftemachen aussahen – leicht dubiose Geschäfte, über die man lieber nichts Genaueres wissen wollte –, Erschöpfte, in zu eng sitzenden Hemden, mit wässrigen Augen und roten Alkoholikernasen, eine mittelalte Frau mit zu dunklem Lippenkonturenstift und dünnem Haar, und einer, der nach illusionslosem Anwalt aussah. Ein jüngerer Typ mit Hund und, auf den kleinen Polstersesseln, noch mehr Einsame, Zweisame. Keiner, der wirklich vermisst wurde. Der Laden: erstaunlich voll. Dafür, dass er „Einigkeit" hieß und seine besten Tage lange hinter sich hatte. Die Tür nach draußen stand offen, ein warmer Frühlingsabend brachte keine Frische in den Mief aus abgestandenem Bier, Qualm und Verdruss. Der Barkeeper war ein Fleisch gewordenes Barkeeperklischee, klein, dunkel, flink. Die Haare zurückgegelt, verschwiegen. Ein zweiter Mann, der Gläser einsortierte. Zwei Frauen, beide blond und hübsch auf den ersten Blick, standen in der Tür zum „Einigkeit". Unschlüssig.

„Nee. Oder?"

„Ach, komm. Is doch egal"

Alle, die in der „Einigkeit" saßen oder standen, schauten auf und ihnen entgegen. Auch eine Dogge schaute. Eine deutsche. An der Theke war nur noch ein Barhocker frei. Die beiden Frauen sahen sich um und zwängten sich dann an den letzten freien kleinen Tisch.

„Was mich am meisten ankotzt", sagte die Kleinere der beiden gerade, „ist, dass er denkt, es geht gerade so weiter."

„Tut es doch auch."

„Tut es eben nicht."

Die Dogge schaute die Frauen noch immer an.

„Wuff", machte die Kleinere.

Die beiden Frauen lachten.

„Er heißt Robert", sagte der Mann, zu dem die Dogge gehörte. Er drehte sich auf seinem Hocker um.

„Dein Hund heißt Robert?" Die Kleinere hatte Lust zu quatschen.

„Man spricht es Englisch aus, Robert, wie Robert De Niro. Nach dem ist er nämlich benannt."

„Echt jetzt? Und ich dachte schon, ich hätte mich verhört."

Die Größere stupste die Kleinere unter dem Tisch mit dem Fuß an. „Lass es" sollte es heißen.

„Warum?"

„Der gleiche Schönheitsfleck an der gleichen Stelle. Schau."

Jetzt stand die Kleinere auf. Die Dogge stand ebenfalls auf, der Typ nahm ihren Kopf zwischen beide Hände und drehte ihn ein bisschen zur Seite.

„Da", meinte er.

„Wow. Is ja irre!"

Sie lachte.

„Hey", sagte sie und schaute dem Hund in die Augen, „kannst du auch Pfötchen geben, Mister De Niro?"

Der Hund glotzte zurück.

„Er versteht nur englische Befehle."

„Jetzt verarschst du mich aber."

„Nein, ganz im Ernst. Du musst sagen: give paw."

„Robert, mein Held, give paw."

Der Hund streckte ihr die rechte Pfote hin.

„Nice to meet you, Robert." Sie lachte wieder.

„Ich bin übrigens der Klaus", sagte der Typ, der zu Robert gehörte.

„Und wie heißt ihr beiden Hübschen?"

Die beiden Frauen tauschten Blicke.

„Britta." Sie beugte sich über den Hund und streckte ihm ihre Hand hin.

„Und ich bin die Verena", sagte die Größere und stand vom Tisch auf, „und ich geh jetzt."

„Ach, komm doch."

„Nee, wirklich."

„Wir haben doch noch nicht mal was bestellt."

„Wir hatten schon genug, findest du nicht?"

„Bist du sauer?"

Klaus hatte aufmerksam zugehört und kratzte sich jetzt am Hals, Kinn vorgereckt, Augen halb geschlossen. So, wie sich ein Hund kratzt. Dann hörte er plötzlich auf und stand auf.

„Ich muss mal wohin." Robert folgte ihm.

„Sag mir jetzt nicht, dass du mit dem abziehen willst." Verenas Gezische hinterließ zwei kleine Spucketröpfchen auf Brittas Wange.

„Wieso? Ich hab dir doch gesagt, dass es ab jetzt anders läuft."

„Aber doch nicht mit DEM!"

„Mir egal, mit wem."

„So klein hat er dich gekriegt, dass du jetzt mit jedem mitgehen würdest!?"

„So sieht's nämlich aus."

Zisch. Zisch. Zisch.

113

Und die Blicke. Schüsse.

„Das wirst du bereuen. Du wirst dich so was von scheiße fühlen."

„Tu ich sowieso."

„Oh TOLL, jetzt kommt auch noch die Nummer."

„Was soll DAS denn jetzt?"

„Keiner hat mich lieb, alle sind gemein zu mir, blablabla. Aber ICH bin wenigstens ehrlich. Der Typ ist ein Arschloch. Komm, wir gehen woanders hin." Sie versuchte, sie am Ellbogen mitzuziehen.

„Wir suchen dir einen besseren."

„Ich mag seinen Hund."

„Du bist so was von bescheuert."

„Von mir aus. Aber ich bleibe."

Klaus und Robert kamen zurück.

„Na dann, mein Beileid." Verena suchte nach dem Schlüssel in ihrer Umhängetasche.

„Ruf mich hinterher aber bloß nicht an."

„Du bist so was von arschig. Echt."

„Na, Mädels, alles klar?"

„Bestens!" Britta knipste ihr falsches Lächeln an.

Verena drehte sich beim Rausgehen noch mal um.

„Viel Spaß beim Vögeln ihr zwei."

Klaus setzte sich auf seinen Barhocker, Robert schnüffelte an Brittas Hand.

„Wie ist die denn drauf?"

„PMS", sagte Britta.

114

Und: „Ich brauch jetzt was sehr, sehr Starkes."
„Gute Idee. Hätte von mir sein können."

Er wohnte nur zwei Straßen weiter. Die Wohnung
roch nach altem Hund und Regen.

„Moment", sagte er und ging durch die dunkle
Diele in die Küche, um Licht zu machen.

„Lampe kaputt", er deutete von der Küchentür
aus nach oben, wo eine Glühbirne von der immerhin hohen Decke baumelte. Robert tapste müde über
den Linoleumboden auf eine alte Kindermatratze in
der Ecke zu. Er seufzte beim Hinplumpsen. Er schloss
die Augen.

„Magst du was trinken?"

„Was hast du denn?" Britta spürte, dass sie eigentlich schon genug hatte, spürte aber auch das Fremde,
die Spannung, Furcht, Neugier, ein bisschen Abscheu,
seine Geilheit, ihren Trotz. Sie folgte ihm zur Küche.

„Äh", er öffnete die Kühlschranktür und sie ging
zu ihm hinüber und trat hinter ihn.

Bier, vor allem Bier. Eine halb volle Flasche Gin,
eine geöffnete Packung eingeschweißter Bierschin-
ken, Erdbeermarmelade, Senf, Margarine, ein Glas
Oliven.

„Oh, der ist ja üppig bestückt."

„Gin?", fragte er.

„Gern."

Er nahm die Flasche raus, schlug die Kühlschranktür zu, nahm das Glas, das zum Abtropfen neben der Spüle gestanden hatte, und füllte es ganz. Sie sah, dass seine Hände zitterten.

„Ich trink mit", sagte er, „wenn ich darf."

Er drückte ihr das Glas in die Hand, aber sie trank nicht.

„Klaro", sagte sie. Sie kam sich vor wie vierzehn. Mann, war das anstrengend. So war das also.

„Hast du auch ein Wohnzimmer?" Sie nahm einen winzigen Schluck.

„Ein Wohn-Schlafzimmer."

„Umso besser."

Er ging vor ihr her, blieb stehen und drehte sich um. Sie stieß gegen ihn, Gin tropfte aufs Linoleum.

„Hey."

„Tschuldige."

Und dann.

Er machte gar nichts. Stand da und stand da.

„Was ist los?"

Er versuchte zu grinsen. Und er sah dabei dämlich aus. So dämlich und so hilflos, dass sie erschrak. Er langweilte sie jetzt schon – bevor überhaupt irgendetwas passiert war. Irgendetwas anderes Langweiliges.

„Es ist nur so: Ich mach so was nicht so oft. Und es ist nicht aufgeräumt."

Passierte nur ihr so was? Oder lief es immer so?

116

Sie schaute nach dem Hund in der Ecke.

De Niro schlief tief und fest. Seine Augenlider zuckten im Schlaf.

„Hör mal", sagte sie und schaute ihm, dem Klaus, jetzt direkt in die Augen, „ich kann auch gehen, wenn dir das lieber ist."

„NEIN! So hab ich's nicht gggg-ge-meint." Gestottert.

„Ich find dich toll. Ganz ehrlich."

Oh Gott. Was ist eigentlich die Steigerung von „scheiße"?

Sie nahm einen großen Schluck Gin.

„Dann komm." Sie schob ihn, ihre linke Hand auf dem unteren Teil seines Rückens, in Richtung Wohnschlafzimmer, in Richtung der einzigen Tür, die es sonst noch gab, die offen stand und nicht nach Badezimmertür aussah.

„Hier?"

„Ja."

Er knipste das Licht an.

Eine ausgeklappte Schlafcouch, ein Tisch, der mit Bierflaschen übersät war, ein Flachbildfernseher, ein alter Korbsessel, auf dem eine lilafarbene Decke lag, zwei halb leere Tüten Erdnussflips, ein toter Ficus Benjamini, Stapel mit DVDs, abgestandene Luft. Er kippte das Fenster auf. An der Wand – das, was ihr immer am wichtigsten war: ein Filmplakat von

117

„Lost in Translation" (was sie freute) und ein Kunstdruck von Dürer, sein Nashorn (na ja). Sein Feldhase wäre ihr irgendwie lieber gewesen. Warum eigentlich?

Die Bettwäsche war blau, dunkelblau mit hellblauen Streifen.

„Magst du dich setzen?"

„Nein, hinlegen."

Er glotzte sie an und sie wartete.

Wartete.

Und da küsste er sie. Er war kein guter Küsser. Und sie wusste sofort: Er war auch kein guter Tänzer, kein guter Koch, kein guter Liebhaber. Zunge rein. Gestocher. Ihr war es egal. Ihr war alles egal. Sie küsste zurück. Böse. Und er merkte es nicht mal. Fast biss sie zu. Sie zog ihn zur Schlafcouch nach unten – und da fing er auch schon an zu stöhnen. Dass es SO schlecht war.

„Warte." Er zerrte an seinem Gürtel und zog sich die Hose aus. Aus. Immerhin. Auch die blau-weiß karierten Boxershorts. Nicht nur runter. Aber die schwarzen Socken, Scheiße noch mal, die behielt er an. Er zerrte sein weißes Billabong-T-Shirt über den Kopf. Und dann warf er sich auf sie. Britta? Britta. Alles das nicht schnell genug, als dass sie nicht seine Kastanienmännchenbeine gesehen hätte, weiß und dünn wie Stecken. Wonach er roch: nach Bier und

118

Gin und Hund und, fast kaum mehr wahrnehmbar, nach „Coolwater" von Davidoff. Vor etwa zehn Jahren hatte Jens das auch benutzt. So ziemlich JEDER Mann hatte es benutzt.

Britta hatte sich in der Zwischenzeit komplett ausgezogen und lag mit dem Rücken auf der blau gestreiften Decke, die auch nach Hund roch. Nach Hund und etwas Saurem. Nach Gurken. Nach ... sie wusste es nicht. Besser so.

Er schaute ihr nicht ins Gesicht.

Kaum dass sie ihre Beine breit gemacht hatte, was schwierig war, weil er ja schon auf ihr lag, kaum dass sie merkte, dass sie auch nicht nur das kleinste bisschen feucht war, war er schon in ihr. Und legte los. Sie hätte tatsächlich kotzen können und dachte ernsthaft darüber nach, es auch zu tun. Als er auch schon kam.

Wie furchtbar.

Sie klappte ihre Beine zusammen und zog sich heraus unter ihm. Sie stand auf, spürte, wie sein Sperma an den Innenseiten ihrer Oberschenkel entlanglief und zog sich ihren BH an, ihr Höschen, ihr schwarzes Kleid. Er lag noch auf dem Bauch, ausgepumpt. Besoffen. Augen zu.

„Hast du mal ein Handtuch?"

„Im Bad", nuschelte er.

Das Bad war auch nicht der Rede wert.

119

Sie nahm sich das einzige Frotteehandtuch vom einzigen Haken und fuhr sich über die Innenseite ihrer Schenkel damit. Ein Königreich für einen Tampon. Hatte sie nicht.

Sie sagte laut „Tschüss", als sie wieder in der Diele stand und bekam keine Antwort.

Nur Robert De Niro machte ein Auge auf. Sein linkes. Und gleich wieder zu.

Und dann: Heim.

Nix wie.

Wo auch immer das war.

Sie ging zur nächsten U-Bahnstation gleich um die Ecke. Und entschied sich dann doch für ein Taxi.

Es war 3.34 Uhr.

Als sie heimkam: Kein Jens. Alles für umsonst.

Sie schmiss sich in ihren Klamotten aufs Ehebett. Und heulte nicht.

Sie rief Verena an.

„Ach", sofort am Handy.

„Ja", sagte Britta. Und dann lange nichts.

„Soll ich dich abholen?"

Und Britta packte ihren alten Seesack und nahm mit: zwei Schlafanzüge, eine Zahnbürste, das Buch, das sie gerade las („Das Herzenhören", ein Geschenk von Verena), ihren Reisepass, ihre Schilddrüsentabletten, ihre dicke Strickjacke, zwei Paar Jeans, zwei Lieblings-T-Shirts, ihr rotes „bestes" Kleid, einen

120

alten Plüschhund vom Flohmarkt, der „Schneeweiß"
hieß, ihr Schminkzeug, ihre Laufschuhe, ihre hohen
Schuhe, ihre Frühstücksflocken, ihren Lieblingsarm-
reif, die „Drei Nüsse für Aschenbrödel"-DVD, die
beiden Maroon-5-CDs, ihr abgeliebtes Lieblingskissen.

Und als der Sack voll war, ging sie nach draußen
vor die Haustür. Und wartete. Ein starker Wind kam
auf. Einer, der Papiertüten zum Fliegen brachte und
die Lindenblätter über ihrem Kopf zum Zittern. Ein
Feger, über den sie sich freute.

Sie spürte ein Haar auf ihrer Zunge. Sie hoffte,
dass es von Robert war, und wurde es los.

Der Krötenkönig

Die Not der Menschen in Dietzenhausen hatte so harmlos begonnen, dass manche sich anfangs, in völliger Fehleinschätzung der Situation, sogar noch freuten.

„Endlich ist mal was los hier", riefen oder raunten sie sich morgens gut gelaunt beim Weg zum Bäcker zu, und fast den ganzen Tag über, im Wartezimmer des einzigen Arztes, in der Sparkasse, in der Gemeindebibliothek, bei der Eierfrau und am Stammtisch in der „Krone". Es gab kein anderes Thema mehr. Abgesehen vielleicht vom hundertjährigen Bestehen des Dietzenhausener Schützenvereins im darauffolgenden Jahr und der Planung der Feierlichkeiten. So ganz genau lässt sich das nicht mehr sagen. Die Dietzenhausener Welt ist heute eine andere. Ganz anders anders als damals schon. Man freute sich also auch abends noch, und hierfür gibt es mehrere noch lebende Zeugen, im Vereinsheim des FC Dietzenhausen und noch ein bisschen später, die Leute gingen dort früh zu Bett, in den Ehebetten – beim Griff zu den Schaltern der Nachttischlämpchen, die gelbes

Licht gegen ihre von Fliegendreck besprenkelten Schirmchen warfen und die Kruzifixe an den Wänden zum Schimmern brachten.

Dabei hatte die erste Kröte noch keiner bemerkt. Sie hieß Alfons und wurde von Siegfried Wenzel, einem Vollerwerbsbauern mit unterdrücktem Hang zum Gummifetischismus, mit dem Traktor überfahren. Die Kröten registrierten Alfons' Tod sehr wohl. Darüber besteht nicht der leiseste Zweifel. Viele weinten. Auch diejenigen, die mit herben Rückschlägen gerechnet hatten.

Die zweite Kröte hieß Karlheinz und nahm an den gefährlichsten Stellen den Rinnstein. So schaffte er die gesamte Strecke: vom Waldrand über die Pferdekoppeln am Waschbach vorbei, den Hohlweg hindurch, über die Fettwiessstraße, vorbei an der Bushaltestelle und der St.-Bonifatius-Kirche bis zum Teich im Pfarrgarten. Wie geplant. Karlheinz war einfach unglaublich. Was er machte, machte er richtig.

In Zehnergruppen und durch Karlheinz' Vorgehensweise ermutigt, taten die anderen es ihm nach. Immer schön am Rinnstein lang. Als die Kröten regelrecht euphorisch wurden und schließlich in Gruppen von bis zu fünfhundert Tieren aufbrachen, wurden sie zum ersten Mal Thema im Dietzenhausener Ortschaftsrat. Ein „Runder Tisch" wurde einberufen. Man verständigte die Naturschutzbehörde, das Gartenbauamt, die Forstbehörde, mehrere Landtagsabgeordnete und Robert Piffel, den einzigen Ökobauern in Dietzenhausen, fortan Krötenbeauftragter und Amphibienaktivist. Er fertigte im Kartoffeldruckverfahren Tausende von Flugblättern an, auf denen die alte Wanderroute der Kröten verzeichnet war, er verteilte Weidenkörbe, in die seine Gesinnungsgenossen (drei an der Zahl) die eingesammelten Kröten von Dietzenhausens Ortsmitte aus wieder auf den richtigen Weg bringen sollten, und warb, wo er stand und ging und sich mit leicht schleimigen Fingern durch die Haare fuhr, für seine kleinen Freunde. Die Kröten, das wusste er so sicher, wie er wusste, was „Opazität" bedeutete (obwohl), forderten durch ihr ungewöhnliches Verhalten nicht nur schnellstmögliche Hilfe ein, nein, sie forderten auch ganz unmissverständlich einen neuen Laichplatz. Ja, was denn sonst? Denn den alten, den einstmals gut drei Kilometer vom Teich im Pfarrgarten entfernt gelegenen Bibertümpel, hatten die Dietzenhausener im Zuge ihres Sängerheimbaus kurz entschlossen mit Kies zugeschüttet.

„Und Kröten vergessen niemals", meinte Piffel und verwechselte da vielleicht etwas.

Gleichwohl bekamen auch überregionale Zeitungen, Radio- und Fernsehsender Wind von der Sache und Dietzenhausen wurde seiner mutigen Kröten wegen berühmt. Ein wenig. Es hagelte Berichte über weinende Kröteneinsammler, die sich für den Bau des Sängerheimes entschuldigten (drei an der Zahl), es gab einige Interviews mit einem Amphibienexperten (Piffel), der unter anderem die Stärke der Krötenschleimspur als Gradmesser für den phänomenalen Überlebenswillen der Amphibien deutete. Es erschienen Fotos, auf denen der Dietzenhausener Ortschaftsrat gemeinsam mit Piffel und anderen Helfern (drei) lächelnd beim Krötenklauben zu sehen war, und Sat.1 brachte ein Porträt Piffels, das mit dem Zitat „Ich bin eine Kröte" endete.

Die Kröten von Dietzenhausen wurden im größtmöglichen Stil vermarktet. An Verkaufsständen entlang der Hauptstraße erstanden Ausflügler und Neugierige Blumentöpfe in Krötenform, Krötentassen, Krötensticker („Ich bin auch eine Kröte"), Krötenkochbücher, Krötenkörbe, Krötenpatenschaften und Kröten-T-Shirts. Auf die Sonderkonten „Kröten in Not" und „Neue Heimat" flossen Spenden aus ganz Deutschland, Österreich und der Schweiz. Das Sängerheim „Frohsinn Dietzenhausen" wurde abgerissen, der Bibertümpel renaturiert.

Die Kröten scherte das alles herzlich wenig. Der Bibertümpel hatte ihnen sowieso nie richtig gefallen. Weil es ihnen mit der Zeit aber viel zu viel Mühe machte, den ganzen Weg, den die vier Idioten sie per Weidenkorb in den Wald getragen hatten, immer wieder zum Pfarrgartenteich zurückzuwandern, Rinnstein hin oder her, beschlossen sie, nun nicht mehr länger zu warten. Sogar Karlheinz war mit seiner Ausdauer am Ende.

Der Morgen des 27. Juli begann wie alle anderen Hochsommertage in Dietzenhausen. Die Vögel zwitscherten, die Hähne krähten, die Frauen scheuchten ihre Männer aus dem Schlaf und von den durchgelegenen Matratzen, um sie zum Arbeiten in die Kreisstadt zu schicken und das Bettzeug zum Lüften in den Fenstern zu stapeln. Die Kinder durften liegen bleiben, weil Ferien waren, und sie selbst machten sich ans Aufräumen, Einkaufen, Wäsche waschen und Kuchen backen. Siegfried Wenzel startete seinen Tag wie jeder andere Bauer auch, mit Kühe melken. Das heißt, er hatte vorgehabt, die Kühe zu melken, als er, angetan mit mehreren Gummischläuchen, den Stall betrat. Mit den Kühen hatten sich die Kröten nämlich abgesprochen. Auch um sie nicht zu erschrecken. Sanftmütig, wie sie waren. Sanftmütig und desillusioniert.

Siegfried Wenzel hatte sieben Kühe. Sie lebten in einem muffigen, dunklen Stall (für „Freilaufende" war stets Piffel zuständig gewesen) und sehnten sich nach Sonne, Wind und frischem Gras. Lange bevor an diesem Morgen die Vögel zu zwitschern begon-

126

nen hatten, hatten die Kröten Wenzels Kühe befreit, allen voran Karlheinz, der seit seinem legendären Manöver „Rinnstein" für alle wichtigen Operationen zuständig war. Parole: Zugriff. Er war auch derjenige gewesen, der die Kröten in jener Nacht zum 27. Juli flächendeckend in Dietzenhausen hatte aufmarschieren lassen. Und jetzt hockten sie überall – gut gelaunt übrigens und schleimend: auf den Straßen, auf den Autos, auf den Jägerzäunen, auf den Gehwegen, auf den Mülltonnen, auf den Straßenlaternen, auf den Balkonen der Häuser und auf ihren Terrassen, auf dem einzigen Streifenwagen, den Dietzenhausens Polizei vorweisen konnte, auf den Einsatzwagen der Feuerwehr und des Technischen Hilfsdiensts. Sie klebten an den Schaufenstern der Geschäfte, an den Verkaufsständen entlang der Hauptstraße und waren eben dabei, über die geöffneten Schlafzimmerfenster in die Häuser zu gelangen. Die Kleinsten von ihnen hatten das über Wasserleitungen und Wasserhähne schon längst geschafft, sie quollen ploppend daraus hervor und verursachten Schreikrämpfe, Hautausschläge und Brechreiz. Es war ganz wundervoll. Alles verlief programmgemäß.

Massenweise fielen sie in Dietzenhausens Häuser ein und sorgten exakt eine Stunde und 37 Minuten lang für klebriges Chaos. Für Siegfried Wenzel aber hatten sich die Kröten noch eine besondere Über-

127

raschung ausgedacht: Das Kommando „Rache für Alfons", das sich in Wenzels Kuhstall eben noch bis unter die Decke gestapelt hatte, kam ihm beim Öffnen der Stalltür mit einem heftigen und heftig stinkenden Schwall entgegen. Wenzel versank in Kröten. Sein Schrei endete in einem überraschten Gurgeln.

Wenzel überlebte. Ebenso wie Robert Piffel, den die Kröten an jenem Morgen mit mehreren Hektolitern Schleim übergossen hatten. Das Letzte, was die Welt von Dietzenhausens Kröten hörte, nachdem sie gigantische Schleimmassen hinter sich lassend, kichernd, winkend und auf Nimmerwiedersehen in Richtung Wald verschwunden waren, war ein Abschiedsgruß des Krötenkönigs Rupert III. (und ein Holzkreuz am Waldrand, auf dem „Alfons" stand). Er kam per Fax an Dietzenhausens Ortsvorsteher und war an alle Bürger gerichtet.

„Verbunden", stand da, „werden auch die Schwachen mächtig."

Rupert III., muss man wissen, hatte dieses Zitat von Schiller geklaut. Aber das sei ihm verziehen. Die Dietzenhausener haben es ohnehin nicht bemerkt. Sie waren noch wochenlang mit Schleimaufwischen beschäftigt und stellten, wann immer das Thema Kröten zur Sprache kam, reflexartig auf Durchzug.

Praktisch

Die Sonne war noch nicht angekommen. So tief kam sie nicht. Es war zu früh. Aber er war ja nicht alleine. Arko war bei ihm. Passte auf. Schnüffelte und döste und schmatzte, wedelte mit seinem Schwanz und schaute und bellte, nur ab und zu. Wuff. Tief klang es und hohl hallte es von den Fassaden der Häuser wider. Hin und wieder furzte er. Es stank fürchterlich. Aber für Karl machte das keinen Unterschied. Er hatte Arko schrecklich lieb. Lieber als den Himmel und die Wolken. Lieber noch als die Sonne. Sogar lieber als Smutje, dem schon lange ein Ohr fehlte, der nicht mehr brummen konnte und genauso roch wie die Flüssigkeit in der kleinen braunen Flasche, die die Mutter an Sonntagen über die Teller mit Markklößchensuppe träufelte. Drei Tröpfchen über den Teller des Vaters, drei Tröpfchen über den Teller des Sohnes und drei Tröpfchen über ihren eigenen Teller, in dem so wenig Suppe war, dass die kleinen blauen Blümchen vom Boden des Tellers durch die Maggischlieren ans Licht schimmerten.

Arkos Schwanz war lang und weiß, schmutzig weiß, obwohl er gar nicht schmutzig war. Er hatte einen Knick, so als sei er einmal gebrochen gewesen und krumm wieder zusammengewachsen. Genau dort, wo der Knick war, steckte er zwischen den Gitterstäben von Karls Laufstall und fegte zweimal kurz hin und her. Hin und her, hin und her. Und dann blieb er ganz ruhig liegen. So als ob das Fegen ihn erschöpft hätte. Arko legte den Kopf zwischen die Vorderpfoten, schloss die Augen und seufzte. Karl zog an den schmutzig weißen Schwanzhaaren, ganz behutsam, er streichelte mehr als dass er zog, er zupfte und ordnete die langen Haare zu kleinen gleichgroßen Strängen, ebenso wie er es mit den Fransen des Teppichs im Wohnzimmer zu tun pflegte, so lange jedenfalls, bis ihm der Vater befahl, damit aufzuhören. Jetzt war nur Arko da. Arko und er waren da. Und Smutje.

Wenn die Mutter am Nachmittag von der Arbeit kam, band sie Arko vom Laufstall los und führte ihn an seiner Leine zu einer der Regentonnen in die dunkelste Ecke des Hofes. Sie nahm die Schöpfkelle, die mit einem Stück Schnur am Rand einer der Tonnen befestigt war, tauchte sie ein und füllte eine kleine Tonschüssel, die neben der Tonne auf der Erde gestanden hatte, mit Wasser. Die Schüssel stellte sie Arko hin und dann wartete sie, bis sie annahm, er

130

habe genug getrunken. Sie führte ihn zum Laufstall zurück, nahm Karl heraus und trug ihn zum Kinderwagen, der unter den Briefkästen im Hausflur seinen Platz hatte. Nie ließ sie dabei Arkos Leine los, aus Angst, er könne weglaufen. Aber wohin hätte er laufen sollen? Zurück in den Hof? Die Treppen rauf? Die Treppen runter? Die Tür nach draußen zur Straße war immer geschlossen und hatte immer geschlossen zu bleiben. Der Hausmeister hatte einen Zettel neben der Tür befestigt. Er nahm es persönlich, wenn sie offen stand.

Weg von ihr hätte Arko laufen können. Weg von der Mutter. Das schon.

Karl konnte noch nicht laufen. Dachten alle.

Mit Karl im Wagen und Arko an der Leine ging die Mutter spazieren. Der Vater nannte es spazieren, aber die Mutter nahm nichts wahr und hatte keine Freude. Sie ging, damit Arko sein großes Geschäft machte. Nie ging sie länger. Sobald Arko damit fertig war, machte die Mutter auf dem Absatz kehrt. Hatte Arko seinen braunen Haufen längst im Hof neben den Laufstall gesetzt, schimpfte die Mutter mit ihm, nervös und ungehalten, und drehte eine Extrarunde. Die Straße rauf und nach rechts, die nächste Straße rauf und nach rechts, die nächste Straße wieder runter und nach rechts und dann wieder schnurstracks zur Haustür zurück. Dann eben kein Haufen. Auch wenn das hier der Handel war: Arko passte auf Karl auf und die Mutter auf Arko. Ein wenig. War der Spaziergang zu Ende, band die Mutter Arko wieder am Laufstall fest und ging mit Karl nach oben, um ihn zu wickeln und das Abendbrot zu richten. Derweil wartete Arko im Hof. Hungrig und auf sein Herrchen horchend. Wenn es kam, später, später am Abend oder noch später in der Nacht, freute er sich still und knickschwanzwedelnd und vergaß die elende Warterei.

Noch war längst nicht Nachmittag.

Auf die Dachfenster fiel ein Streifen Gelb. Gelb mit Weiß und Hellblau. Das Gelb wurde größer und färbte die Ziegel orange, brachte Fenster zum Blinken, ein Regenrohr zum Leuchten. Arko machte wuff. Die Sonne stieg höher und das Gelb wanderte weiter, in die Tiefe und zu Karl. Es erreichte eine Wäscheleine und vier hölzerne Klammern, einige Putzlappen, die gute Küchenschürze von Tante Hilde und einen grauen Hemdzipfel von Onkel Heinz, es streifte das Gefieder einer Taube, die auf einem der Simse saß, es strich warm über die Klinkersteine und brachte Karl dazu, an Honig zu denken. Es fuhr in die Risse der Steinplatten und gab winzige Fleckchen Moos preis, ihr samtiges Grün, ihre Genügsamkeit.

Bald würde die Sonne Smutjes verbliebenes Ohr berühren. Und Arko. Und Karl. Dass Karl ein klei-

132

ner Junge war, der die Sonne herbeisehnen und sich über ihre Strahlen freuen konnte, war ein großes Glück. Sein großes Glück. Es gehörte ihm allein.

Eigentlich war Karl schon zu groß für den Laufstall. Es war schon lange her, dass er zum ersten Mal das Kunststück fertig gebracht hatte, sich an den Stäben des Laufstalls hochzuziehen und mit wackligen Beinen Halt zu finden. Er konnte längst laufen. An den Stäben entlang, diagonal und im Kreis. Immer im Kreis. Bis er umfiel, um wieder aufzustehen und erneut zu kreiseln. Zweieinhalb Meter mal zweieinhalb Meter sind nicht eben viel. „Es ist aber praktisch", sagte der Vater. Und praktisch hatte er recht damit.

Brav

Sie kamen an den Strand, als die ersten schon wieder gegangen waren. Die Mutter, der Vater, das Kind. Ein Söhnchen. Mager. Auf den zweiten Blick war schwer zu erkennen, ob sie nicht doch die Großmutter war, die Nonna, die den Sohn und das Enkelkind begleitete. Und dann, auf den dritten Blick, ganz einfach und offensichtlich: Das magere Söhnchen hatte sehr alte Eltern. Von Nahem wirkte auch der Vater, als sei er längst Großvater. Einfache Menschen waren es, die wie Bauern aussahen, so als hätten sie den ganzen Tag im Stall gearbeitet oder auf den Terrassen der Olivenhaine, harte Arbeit, die schweigend verrichtet wurde. Im Stillen. Vater und Sohn trugen ihre Badehosen unter den Kleidern, beide waren dunkelblau oder es zumindest mal gewesen, die des Alten schon ganz ausgebleicht, die des Jungen, der etwa sechs Jahre alt war, mit einem aufgenähten rot-weißen Anker versehen.

Das Magere hatte der Sohn vom Vater mitbekommen: zu wenig auf den Rippen, nur, dass der eine viel länger war, viel mehr Sehnen und Muskeln hatte und der andere einen noch viel zu großen Kopf für den viel zu schmächtigen Körper. Als drohe er abzuknicken. Zur Seite hin. Einen so großen Kopf, zu dem ein so schönes Gesicht mit so großen Augen gehörte, dass er plötzlich schlucken musste. Weil er selbst keinen Sohn hatte? Weil er selbst mal so klein gewesen war? Weil er so verletzbar aussah, dieser Junge? Weil er noch sein ganzes Leben vor sich hatte? Alles zusammen. Eine Gefühlsexplosion im Bruchteil einer Sekunde. Angst und Schmerz und Trauer. Und Wut.

Der Vater hatte sich auf eine braune Decke gesetzt – eine alte Decke, kein Handtuch, keine Strohmatte und schon gar kein Liegestuhl – mit dem Rücken zur Frau, den Blick auf die wenigen Häuser des Ortes gerichtet, auf die Promenade, auf die Pinien, auf die Palmen. Vielleicht. Die Mutter saß mit dem Gesicht zum Meer. Noch im Kleid, eines mit weißen Blümchen, altmodisch und dunkelblau, ein Omakleid für dicke Frauen. So wie sie. Ihr Haar war grau, im Nacken zu einem unordentlichen Zopf gebunden. Sie schaute ihren Sohn von der Seite an. Unendlich liebevoll. Und das Söhnchen, es stand da und schaute aufs Meer. Stand da und schaute, schaute, schaute. Kein Wort. Da stand der Vater auf und ging ins Wasser. Ohne sich umzuschauen, ohne sich Zeit zu nehmen für ein Meer, das schon ein Herbstmeer

135

war. Der Junge schaute ihm nach. Die dicke Frau schaute auf ihre nackten Füße im Sand, rote, geschwollene Füße, auf denen sich die Riemen ihrer Sandalen abzeichneten.

Der Vater schwamm aufs Meer hinaus. Weiter als zur Boje. Und wendete. Und schwamm zurück. Der Junge wartete und schaute. Die Mutter zog ihr Kleid im Sitzen aus, faltete es und verstaute es in einer der beiden Taschen, die hinter ihr standen. Sie trug einen dunkelbraunen Badeanzug. Ihr dicker Bauch hatte darin reichlich Platz, ihr dicker Busen, ihr großes Herz. Vermutete er. Der Mann und die Frau hatten ein Söhnchen. Die Frucht ihrer Liebe. Sie hatten tatsächlich miteinander geschlafen. Er stellte es sich vor. Sex. Die beiden. Unvorstellbar. Es gelang ihm nicht. Und dann doch. Sex in einem alten Bauernbett, am Abend, im Dunkeln, der Mann wie ein Tier, die Frau ganz still. Ganz schnell. Und dann nie mehr.

Der Vater stand jetzt bis zu den Knien im Wasser und streckte dem Jungen die Hand hin. Das Söhnchen hüpfte ins Wasser, hüpfte vor Freude und nahm die Hand.

Kleine Wellen brachten die beiden zum gemeinsamen Hüpfen. Und dann, ein bisschen weiter draußen im Meer, nahm der Vater den Sohn huckepack, und das Söhnchen umschlang den Vater mit seinen dünnen Ärmchen und schmiegte sich an ihn, an den alten Rücken, der ein bisschen zu rund war. Und so stark.

Die Mutter am Strand. Sie schaute aufs Meer, so als sähe sie nichts. Sie schaute auch noch, als die beiden zurückkamen an Land. Und sie stand auf und umschlang ihr Söhnchen mit einem grünen Frotteebademantel mit Kapuze. Dann setzten sich die beiden nebeneinander, die Mutter drehte sich nach einer ihrer Taschen um und nahm eine Plastiktüte heraus. Sie griff hinein und gab dem Jungen ein großes Stück Focaccia. Sie selbst nahm sich auch eines, ein sehr großes. Der Vater hatte sich wieder auf die Decke gesetzt. Mit dem Rücken zur Frau. Es hatte keinen Blickkontakt gegeben zwischen den beiden, keine Form der Annäherung. Nichts. Und der Mann aß auch nichts. Der Junge aß nichts mehr. Die Frau nahm sich noch ein Stück Focaccia. Ein noch größeres. Warum fand er das alles so traurig? Diese Familie? Was war es, was er zu wissen glaubte?

Ute und er hatten seit über einer Stunde auch kein Wort mehr miteinander gewechselt. Sie las. Er schaute. Lisa hörte Musik über ihren iPod und war woanders. Nicht mehr bei ihnen. Das Söhnchen immerhin war abwechselnd bei seinem Papà und bei seiner Mamma. Noch. Wann genau hatten sie eigentlich angefangen, eigene Wege zu gehen? Und trug

137

irgendjemand Schuld daran? Er sah noch einmal zur anderen Familie hinüber, zum alten dünnen Mann auf der Decke. Er hatte den Kopf jetzt seitwärts geneigt, in seine Richtung. Er bohrte mit dem Daumen der rechten Hand im linken Nasenloch. Von unten nach oben. Sein Gesicht verzog sich dabei, so als wäre die Nase aus Gummi, so als wäre sein ganzes Gesicht eigentlich gar kein Gesicht, sondern eine Maske, eine, die sich Kinder an Fasching oder Halloween kauften, um andere zu erschrecken. Um Angst einzujagen. Richtige Angst. Eine hässliche Horrorfratze, die rein gar nichts mehr verbergen konnte, die alles Böse im Inneren des alten Mannes bloßlegte. Er erschrak so sehr, dass er sich abwenden musste. Er fühlte seinen Puls rasen. Er fühlte, dass er kaum noch Luft bekam. Er schloss die Augen und zählte von zwanzig ab langsam rückwärts. Seine neueste Überlebenshilfe. Als es ihm besser ging, empfand er Mitleid mit der dicken Frau. Für das Söhnchen. Fünf Minuten später schallt er sich einen Idioten. Einen Idioten, der selbst schon unzählige Male mit Hingabe in der Nase gebohrt hatte. Was war nur los mit ihm.

Dort, wo sich die Wellen brachen, den Strand entlang und nach rechts, kleine Wellen, Kinderwellen, vor denen sich niemand zu fürchten brauchte, sah er etwas, das anders war. Zuerst dachte er an Tiere,

138

schwarze und sandfarbene Kriechtiere, die versuchten, an Land zu gelangen. Urzeitviecher. Und als er länger hinschaute, erkannte er, dass zwei sehr alte Frauen in Kleidern, in langen Hosen, langärmligen Pullovern, ausgerüstet mit Sonnenhüten, die bei einer Tropenexpedition kein bisschen fehl am Platz gewesen wären, Anstalten machten, das Meer zu verlassen. Dem Meer zu entrinnen. Anzulanden. Was schwierig war. Alter, Zerbrechlichkeit und die ersten Anzeichen von Irrsinn. Der ganze Strand glotzte. Die Dame in Schwarz war rüstiger als die Dame in Beige. Sie krabbelte zuerst in Sicherheit. Eisern und zielstrebig gelangte sie an ihr Plätzchen am Strand. Und dort blieb sie stehen, bis die schon kühlere Luft ihre langen Hosenbeine zum Flattern brachte. Sie sprach mit zwei alten Männern, während die andere noch immer versuchte, sich an Land zu retten.

Sollte man helfen? Sollte man nicht. Sie schaffte es alleine. Sie stand wacklig auf und schaute sich suchend nach ihrer Freundin um, die gar keine Freundin sein konnte, wenn sie sie so im Stich gelassen hatte. Sie zerrte an den Knöpfen ihrer beigefarbenen Bluse. Sie öffnete sie und zog sie aus. Darunter trug sie einen geblümten Badeanzug. Wie dünn sie war. Arme wie Stöckchen. Wieder hielt sie suchend Ausschau. Dann setzte sie sich schwankend in Bewegung, die dürren Beine, an denen die Hose klebte, staksten durch den Sand, als gehörten sie nicht zu ihr, als liefen sie ganz ohne ihr Zutun und deshalb nicht rund. Sie erreichte das Grüppchen am Strand. Er stellte fest, dass er sich getäuscht hatte. Dass seine Fantasie mal wieder mit ihm durchgegangen war. Er hatte die beiden Frauen für Schwestern gehalten, für ein schrulliges Schwesternpaar aus einer der alten schönen Villen mit Blick aufs Meer, rosafarben mit grünen Fensterläden. Oder gelb mit grünen. Mit einem kleinen Garten, den sie nur noch mit Mühe versorgen konnten, in dem sie eigene Tomaten zogen, in dem Büsche von Rosmarin wuchsen, in dem Feigenbäume und Palmen den Blick zum Meer verdeckten.

„Ach, das sind Amis", hörte er einen deutschen Touristen neben sich sagen. Als sei damit jetzt alles klar. Oder besser einzuordnen. Für ihn war das Gegenteil der Fall. Ein Schwesternpaar oder ein lesbisches Liebespaar – seinetwegen. Neben merkwürdigen Relikten aus längst vergangen Zeiten waren Ehemänner nur schwer denkbar.

Ute setzte sich auf.

„Gehen wir bald?"

„Wieso?"

„Weil mir kalt wird."

„Was?!" Lisa.

„Mama ist kalt."

140

„Mir nicht."

„Mir auch nicht."

„Toll."

Sie kramte in der Tasche, die ihr die ganze Zeit über als Kopfkissen gedient hatte.

„Ganz toll. Und so mitfühlend." Gezischte Wut. Gekränkte Ute. Immer wurde sie dann gleich so böse.

Warum liebte er sie nicht mehr? Warum konnte er sie nicht mehr lieben?

Schön war sie. So schön, wenn sie nicht wütend war, nicht gekränkt. Sie zog sich ihren großen schwarzen Pullover über den Kopf, über die langen braunen Haare, zog ihn über ihren schlanken braunen Körper, bis über die Knie, die sie angezogen hatte. Dann löste sie die Schleife ihres schwarzen Bikinioberteils im Nacken und zog es heraus. Er wusste, wie ihre Brüste unter dem Pullover jetzt aussahen, wusste, wie sie sich anfühlten, wusste noch, dass er früher beim bloßen Gedanken an ihre Brüste hatte zittern müssen.

Das Begehren war auch weg. Schon vorher weg gewesen. Erst das und dann die Liebe. Und dann nur noch Langeweile. Stillstand und ein schlechtes Gewissen. Manchmal.

Ute klappte ihr Buch wieder auf.

Er dachte an Kerstin.

Wie gern er jetzt hier mit ihr wäre. Wie sie ihm fehlte. Was für einen Spaß sie hätten. Sie würden sich zusammen die Leute am Strand anschauen und sich Geschichten ausdenken. Zusammen aufs Meer schauen. Sich berühren. Sich küssen. Eben ZUSAMMENSEIN. Nicht allein beieinander. Heute Abend würden Kerstin und er ausgehen, in das schöne Lokal, in dem sie gestern zu dritt gegessen hatten und Lisa gemault hatte, weil sie den Fisch eklig fand. Den besten Wolfsbarsch seines Lebens. Sie hätten sich was zu sagen, zu erzählen, anzuvertrauen. Hinterher würden sie zurücklaufen, Arm in Arm, und dann, im Hotel, dann würden sie – die ganze Nacht würden sie. Oder zumindest, bis sie nicht mehr konnten.

Das Verlangen war eben doch noch da. Nach Kerstin schon. Wenn sie wüsste. Oder wusste sie's? Er hatte es versucht. Sie nicht so anzustarren. Nicht ständig an sie zu denken. Sich nicht alles ganz genau vorzustellen. Sich ihre Augen aus dem Kopf zu schlagen, ihre Lippen, ihre Hände, ihre Beine, ihr Lachen. Kerstin, Kerstin, Kerstin. Hatte es zumindest versucht. Er war so brav. Er war so unglücklich. Er war so untröstlich. Er würde auch so brav bleiben. Vermutlich. Er war nicht so einer. Nein, so einer war er nicht. Nie gewesen. Aber: Dagegen war tatsächlich kein Kraut gewachsen. Und wo sie hinfällt, bleibt sie liegen. Wupp. Und da lag sie jetzt.

Blink, blink, blink und poch, poch, poch machte sie.

Immer mehr Leute packten zusammen: Die beiden lauten deutschen Familien, die mit ihrem Übereifer beim Wer-baut-die-größte-Sandburg-Getue alle Umliegenden genervt hatten, ein Italiener, der fast den ganzen Tag mit seiner Tochter im Wasser zugebracht hatte, eine Clique italienischer Teenies, die einen kleinen Berg Zigarettenkippen zurückließen, ein alter übergewichtiger Mann mit übergewichtigem Spitz.

Er bemerkte verärgert, dass er den Aufbruch der Bauernfamilie irgendwie verpasst haben musste. Sie war weg. Die alte verwirrte Frau, die stundenlang brabbelnd am Saum des Meeres entlangspaziert war und Steine gesammelt hatte, wurde eben von einer Frau weggeführt, die ihre Tochter sein musste. Die Taschen ihrer Strickjacken waren ausgebeult von all den aufgelesenen Steinen, die zu schwer waren für die leichte Baumwolle der Jacke. Die Tochter leerte die Taschen, beide gleichzeitig, blitzschnell, mit einem Handgriff. Die Steine fielen zu Boden. Die Alte hatte die Hände zu Fäusten geballt. Er hörte sie wimmern. Die Tochter schimpfte mit ihr. Leise. Eindringlich. Das Wimmern wurde lauter. Die Tochter schlug mit der flachen Hand auf die Fäuste ihrer Mutter, erst auf die rechte, dann auf die linke. Die

143

Steine fielen mit einem Klickern auf all die anderen, die schon im Sand lagen. Die Alte hörte auf zu wimmern. Sie folgte ihrer Tochter, die weg von ihr in Richtung Promenade stapfte und immer noch mit ihr schimpfte. Lauter jetzt.

Die beiden amerikanischen Paare waren noch da. Sie fotografierten sich gegenseitig. Vorne am Meer. Mann und Frau in der Gischt, die untergehende Sonne im Rücken, Arm in Arm, winke, winke und – smile. Und noch mal. Die anderen beiden. Genau dasselbe. Mann und Frau in der Gischt, die untergehende Sonne im Rücken, Arm in Arm, winke, winke und – smile. Wie viele Krisen hatten die wohl schon gemeistert in ihren Eheleben? Zusammengerechnet? Mehr als zwei? Weniger als fünf? Und wie viel von all dem Schmerz hatten sie schon längst vergessen? Wie ging das nur: glücklich miteinander alt werden. Bis dass der Tod uns scheidet. Vielleicht nur so: vergessen. Vermutlich waren Erinnerungsfotos deshalb so wichtig.

Jetzt die beiden alten Frauen. Die Relikte. Ganz nah beisammen. Zum Andenken. Ihre merkwürdige Schwimmkleidung hatten sie längst abgelegt, ihre Hüte und auch ihre Angst vor der Brandung. Sie standen, spitzer vorgeschobener Hüftknochen an spitzem vorgeschobenen Hüftknochen, aneinandergedrückt, die Stöckchenarme um die Schultern der jeweils anderen gelegt, und bemühten sich um ihr schönstes Fotolächeln. Er wusste genau, nahm er an, wie die Fotos später aussehen würden. Zwei Gerippe im Gegenlicht, viel zu weit weg. Ein Suchbild. Ein Abendsonne-Röntgenbild. Zum Glück war er noch nicht so alt. Das zumindest wusste er. Ohne dass ihm das irgendwie geholfen hätte.

„Mir ist kalt." Lisa. Quengelig wie ein Kleinkind.

„Mir ist ka-halt." Der übliche Maulton.

„Mir eigentlich auch."

Ute blätterte um und schaute nicht auf.

„Mir gar nicht mehr."

Was in eine Kiste passt

Die schlimmsten lagen ganz vorn im Schuhkarton: Da war ihr Gesicht blau und rot und aufgeschürft – fast überall. Zugeschwollen, nicht wiederzuerkennen, gar nicht sie. Wie grausam, sie in diesem Moment zu fotografieren, so kurz nach ihrem letzten Sturz. Und wozu? Die anderen steckten in Umschlägen, die zum Teil beschriftet waren, in Plastikhüllen, in Fototaschen von Labors, die es längst nicht mehr gab. Fotos von Familienfesten, von Wanderausflügen, von Platten mit Wurst, Kroketten und Braten, von Eisbomben, von Kollegen, von Konfirmationen, von Taufen. Oma Anne als junge Frau beim Schneeball-werfen, mit Sechziger-Jahre-Haarspray-Helm, dick, dünn, glücklich, krank. Zigarre rauchend. Ein Mal. Auch einige kleine, in Leder und Stoff eingebundene Alben hatte jemand, vielleicht sie selbst, seitlich in die Kiste gepackt. In einem, in einer Folge von vier-zehn Bildern: die Liebe ihres Lebens. Unerfüllt. Auch noch das. Wann war das gewesen? Vor dem Krieg? Aber ja – er war doch gefallen! Ihr Ein und Alles, ihr Liebster, ihr Leben. Das weiß sie noch: „In Ehr-

146

furcht neigen wir uns vor den Toten der Schlachten, die das wahre Heldentum in sich trugen, als sie das Letzte und Größte für Volk und Vaterland hingaben." Das Letzte. Das Beste: sie beide. Wie hat er geheißen? Sie weint. Sie weiß es nicht mehr. Sie schaut sich die Fotos an, der Reihe nach. „Meine große Liebe."

Im Nachbarzimmer schreit ein Mann. Ein langer Schrei. Laut.

„Oh Gott, was ist das?"

„Ich hör ihn schon gar nicht mehr."

„Warum schreit er denn so?"

„Keiner weiß es. Oder es sagt mir keiner."

Schrei.

Stille.

Schrei.

Stille.

„Oh Gott."

„Aber nachts ist er ruhig. So ab eins."

Schrei.

Stille.

Schrei.

Stille.

„Du Arme."

„ER tut mir leid."

Auf dem ersten Foto trägt er einen karierten Pyjama und liegt im Bett. Sein rechter Ellbogen ist angewinkelt, er liegt auf der Seite und liest einen Brief. Ein weißer Umschlag liegt auf dem Hügel, den seine Knie unter der Decke bilden, die auch kariert ist. Das Bett steht in der Ecke eines Zimmers, dessen Wände mit weiß lackiertem Holz verkleidet sind. Direkt über dem Kopfteil des Bettes hängt ein Schiffsmodell. Es sieht gemütlich aus, nach Zuhause.

„Er war Schiffskoch, weißt du."

Am Hinterkopf stehen seine schwarzen Haare zu Berge. Vielleicht liest er gerade einen IHRER Briefe. Vielleicht möchte er, dass sie sieht, wie er ihre Briefe liest. Im Bett. Auf keinem der Fotos steht sein Name. Nur mit Bleistift geschriebene zweistellige Ziffern, Stempel der Firma „Photo-Glock Karlsruhe", „Agfa-Lupex" oder Ortsbeschreibungen: „auf dem Kühberg Oberstdorf", „Füssen am Lech", „Ulrichsbrücke Tirol". Und auf dem letzten: „20.5. Beim Schuhputzen i/Titisee". Auf einem der Bilder ist auch sie zu sehen. Strahlend und sehr schön. Sie ist eine von fünf Personen auf einem Sofa, eigentlich sechs, denn die Frau links außen hält einen kleinen Jungen auf ihrem Schoß. Von links nach rechts: der kleine Junge. Er streckt dem Fotografen einen weißen Stoffhund hin, einen Foxterrier mit dunkeln Ohren und schwarzer Schnauze, der auf einem mit Rollen versehenen Holzbrett befestigt ist. Die Frau, die ihn hält, lächelt ein wenig schüchtern und zeigt unschöne Zähne. Rechts

148

neben ihr, ein Mann, der sie von der Seite anschaut, lächelt und Akkordeon spielt. Sein Haar ist militärisch geschnitten. Fassonschnitt. Neben ihm: eine ältere Frau, in schwarzem Kleid und Wollstrümpfen. Die dunklen dünnen Haare straff im Nacken zusammengebunden, eine Hand auf ihr linkes Knie gestützt, die andere verschwindet hinter dem Mann mit dem Akkordeon. Sie sitzt ein bisschen eingekeilt zwischen ihren beiden Sitznachbarn. Sie lacht und ihre Augen sind geschlossen dabei. Rechts von ihr: der Mann ohne Namen. Locker, offen in die Kamera blickend, breit lächelnd. Er nimmt auf dem Sofa den meisten Platz in Anspruch, sein Haar ist leicht wellig, schwarz und voll, er trägt einen Pullover mit einem dunkel eingefassten V-Ausschnitt und ein Hemd darunter, das hellblau seien könnte oder auch grau. Seine Hände sind vor seinem Schoß verschränkt, lässig. Er sieht glücklich aus. Auf der äußersten rechten Seite des Sofas – endlich SIE. Die Großmutter. Die blonden Locken in der Mitte gescheitelt, mit zwei Klammern befestigt, die Augen braun, die Zähne weiß. Der linke Arm liegt auf ihrem linken Oberschenkel, so, als verharre er in einer Bewegung, als sei er gestoppt worden. Sie trägt ein goldenes Armband und am Ringfinger einen Ring mit einem schwarzen großen Stein. Ihr rechter Arm verschwindet hinter seinem Rücken. Sie drückt sich

149

an ihn. Ihre rechte Seite, ihr Busen, schmiegt sich an seine rechte Hälfte. Wie jung sie sind. Unbeschwert. So jung. Hoffentlich streichelt sie ihn. Ganz bestimmt streichelt sie ihn.

„Mein Lieblingsfoto", sagt sie. Es ist das einzige, auf dem sie mit ihm zusammen ist. Auf der Wand hinter dem Sofa, auf dem sie alle sitzen: ein Foto vom Führer, klein, aber gut zu erkennen. Daneben ein Bergpanorama in Öl und ganz am Rand, riesig – das Porträt eines sehr alten Mannes hinter Glas, Trauerflor in der oberen linken Ecke. Von wegen unbeschwert. Aber wer weiß das schon.

„Ich muss zum Essen. Leider." Sie steht auf. Sie möchte aufstehen, aber sie braucht mehrere Anläufe und so lange dazu, dass sie sich vor ihrer Enkelin schämt. So klein und krumm sie geworden ist, so heftig pumpt sie wie ein Käfer, nimmt Anlauf und fällt doch wieder zurück. Schwer, obwohl sie so leicht geworden ist.

„Soll ich dir nicht doch helfen?"

Sie überlegt. Schnauft.

„Also gut."

Sie mag es nicht, berührt zu werden. Die junge Frau spürt, wie sich die alte versteift. Sie ächzt. Sie stöhnt. Sie beißt die Zähne zusammen. Sie kommt hoch, den helfenden Arm im Rücken, und hält sich zitternd am Rand des Tisches fest. Ihre krummen Finger, sie sehen so mitgenommen aus. Erschöpft und müde. So wie sie. Und doch: zäh.

„Ich muss noch zur Toilette."

Sie schiebt ihr den Rollator hin, er macht Anstalten, eine Kurve zu drehen, wie ein störrischer Einkaufswagen im Supermarkt. Die Großmutter kommt damit viel besser zurecht.

„So", sagt sie dann auch, „so wird's gehen".

Hinter ihrer Toilettentür hört sie sie weinen und schnüffeln. Sie braucht lange.

Schrei.

Stille.

Schrei.

Stille.

„Bin ich froh, wenn endlich der Arzt nach mir schaut."

„Ist es wegen des Beines so schlimm?"

„Auch. AUCH."

An dem Tischchen im Flur vor ihrem Zimmer sitzt der Mann mit dem krummen Rücken und isst. Wie jeden Tag.

„Mahlzeit", sagt die Großmutter und dehnt dabei das „A" sehr lange, sodass es sich freundlich anhört, fast liebevoll. Der Mann reagiert nicht. Er reagiert nie. Die Großmutter geht nach links. An der Zimmer-

151

tür des Mannes, der noch immer schreit und still ist und schreit und still ist, steht: „Arno Mitschke".

„Er sitzt immer vor meiner Tür, stell dir vor – seit ich ihm seinerzeit geholfen haben, sich die Hose hochzuziehen, als sie ihm einmal in seinen Kniekehlen hing. Keine Schwester da weit und breit und dann so was. Und seither sitzt er immer da. Meine Güte." Sie verdreht die Augen. Sie kokettiert mit ihrer Wirkung auf den Mann mit dem krummen Rücken. Auf den, der nie zurückgrüßt.

„Oma, du darfst dich auch nicht wundern, dass das passiert, wenn du fremden Männern an die Wäsche gehst."

Die Oma lächelt.

„Solltest du eigentlich wissen in deinem Alter."

Die Enkelin schämt sich für ihre Hilflosigkeit, für den unbedingten Willen, gute Laune zu verbreiten. Vielleicht auch WEIL es funktioniert hat.

Sie müssen an der geschlossenen Abteilung vorbei. Auch eine Endstation. Eine Deutschlandfahne klebt von innen an der Glastür. „Heute fliegen die Deutschen raus", sagt die alte Frau.

„Sag das nicht." Die junge Frau geht trippelnd neben dem Rollator her, passt sich an, kommt sich doch so vor, als hetze sie.

„Ich MÖCHTE es nicht, aber hier", sie bleibt stehen und tippt sich auf den Bauch, „hier fürchte ich es."

152

„Mahlzeit." Ein junger geistig behinderter Mann kommt ihnen entgegen und geht lächelnd weiter. Er dehnt das „A" beim Grüßen sehr lang, sodass es sich freundlich anhört, fast liebevoll. Nur die Enkelin erwidert den Gruß.

Sie gehen weiter.

„Dass dieser Kahn sich aber auch vor den Zug werfen musste. Schrecklich." Die alte Frau schüttelt den Kopf.

„Das war nicht Kahn. Der hieß Enke, Robert Enke, Oma."

„Schrecklich."

An Pinnwänden den Flur entlang hängen Fotos der Heimleitung, von Betriebsräten, von Festen. „Wer will Bilder nachbestellen?" Eine Liste hängt aus. Kein Eintrag. Auf den Fotos sitzen Alte an langen Tischen, vor Tellern mit Kuchen, eine der Frauen ist geschminkt und trägt ein buntes Hütchen. Grell. Furchtbar traurig. Eine Änderungsschneiderei bietet günstige Konditionen, ein Plakat wirbt für eine Ausstellung von Aquarellen bekannter Landschaftsmaler in der Städtischen Galerie. „Was gibt's denn heute Leckeres?" Die junge Frau schämt sich noch einmal. Oder eigentlich: permanent. Die Großmutter geht auch nicht darauf ein, zur Strafe. Im Gegenteil. Sie schnaubt.

„Dreimal die Woche Geschnetzeltes mit SO kleinen Teigwaren." Der krumme Zeigefinger ihrer

153

rechten Hand hält einen etwa einen halben Zentimeter langen Abstand zum Daumen. Teigwaren.

„Ich esse hier immer nur Suppe und Nachtisch."

„Da steht es ja: Geschnetzeltes mit Nudeln. Davor Gemüsebrühe und hinterher Apfelmus."

Schnauben.

Sie muss gehen.

„Ich bring dich noch zur Tür."

„Brauchst du doch nicht."

„Möchte ich aber."

Sie schieben und trippeln weiter.

Von der Eingangstür kommen ihnen die Kettenraucher entgegen, die, die sonst den ganzen Tag draußen stehen, unterm Glasdach, bei jedem Wetter. Die meisten in Rollstühlen, zwei Einbeinige, einer hat keine Beine mehr. Der Geruch ihrer Zigaretten ist es, der an den Besuchern hängenbleibt, der sich in den Haaren einnistet, sobald man an ihnen vorbeigeht. Es gibt Gerüche, die viel unangenehmer sind. Dort.

„Bis nächste Woche, Oma."

„Ja, tschüss. Und danke für alles."

Sie geben sich Wangenküsschen.

„Für was denn, ich danke DIR."

Sie dreht sich im Weggehen dreimal um. Dreimal winkt die alte Frau zurück.

Schrei.

Stille.

Schrei.

Stille.

„Die Schwester sagt, er ruft eine Zimmernummer."

„Eine Zimmernummer?"

Schrei.

Stille.

Schrei.

Stille.

„Also, ich höre nur, WIE er schreit. So als ob er starke Schmerzen hätte."

„Ich höre ihn schon gar nicht mehr."

Sie nimmt das kleine Album aus der Kiste.

„Du Arme."

„ER tut mir leid."

Auf einem Foto liegt er bäuchlings auf einer Wiese, auf einem anderen sitzt er in einem Motorradbeiwagen, sein Kumpel und er tragen Stahlhelme und lange Ledermäntel. Sie fahren am Waldrand auf einer schneebedeckten Straße. Nein, sie fahren nicht, sie stehen. Sie posieren für den Fotografen. Damals posierte man. Bis zum POSEN würden noch gut fünfzig Jahre vergehen. Auf dem Lieblingsfoto der Enkelin steht er vornübergebeugt und lockt einen kleinen dicken hässlichen Hund mit einem Bonbon in Zellophanpapier. Er soll Männchen machen, und er macht Männchen. Er lächelt. Ein anderes zeigt ihn mit einem großen Hund: ein schwarzer Deutsch-Drahthaar mit weißen Brustfleck. Er schmiegt sich an die Beine des Mannes, der Mann schaut ernst. Beide Male trägt er Militäruniform und Stiefel. Im Schnee.

„Er kam aus Wiesbaden."

„Und wo habt ihr euch kennengelernt?"

„In Halle, in Halle an der Saale. Wir waren doch zur Landverschickung."

Sie sagt das entrüstet. So als wüsste das wirklich jeder.

„Er war Schiffskoch, weißt du." Sie zeigt auf das Foto, auf dem er Schuhe putzt.

„Und reinlich war er."

„Und ganz schön schlank. Dafür, dass er Koch war, meine ich."

Sie schweigt. Heute ist ihr nicht nach Sprechen.

Schrei.

Stille.

Schrei.

Stille.

„Kann ich dir irgendetwas Gutes tun?"

Sie schaut auf und ihr direkt in die Augen.

„Was Gutes?"

„Gibt es irgendetwas, das ich für dich tun kann? Was ich dir bringen kann?"

Sie sieht ihr an, dass ihr etwas eingefallen ist. Wie schön das ist.

„Könnten wir nicht mal wieder einen Piccolo zusammen trinken?"

„Aber sicher! Gern."

„Ich habe sogar ein Fläschchen da. Vorne, in dem zweiten Schrank. Sei so lieb. Er ist nur leider warm. Und ich habe nur noch ein Glas. Ein einziges Glas, das mir noch gehört. Von meinen Sachen. Kannst du dir das vorstellen?"

Permantes Schämen.

„Dann trink ich eben aus der Flasche."

„Kommt überhaupt nicht infrage, ICH trinke aus der Flasche."

Schrei.

Stille.

Schrei.

Stille.

Sie trinken. An dem einzigen Tischchen, unter dem einzigen Fenster. Draußen, da draußen in der anderen Welt, der schönen, der Welt der Menschen mit Zukunft, knallt die Sonne vom strahlend blauen Himmel, zwitschern die Vögel. Geht es weiter. Sind die wenigsten glücklich. Eigenartig.

157

„Das tut so gut", sagt die Großmutter. Sie hält das Fläschchen in der Hand, das fast leer ist, und betrachtet es. Lächelnd.

„Aber ganz schön tief gesunken sind wir schon." Lustig, lustig, lustig sein. „Müssen den Alk schon aus der Flasche trinken."

Die alte Frau kichert. Tatsächlich, sie kichert.

„Ach was. Hauptsache Sekt!"

Also ist saufen doch eine Lösung, denkt sie. Sagt es aber nicht. Weil da der Spaß aufhört, vermutet sie. Die alte Frau schlägt ohnehin mit ihrer rechten Hand, die gar nicht mehr flach sein kann, auf den Tisch und ruft.

„Jetzt!" Sie strahlt. „Jetzt weiß ich wieder wie sein Name war, jetzt, jetzt im Moment ist es mir wieder eingefallen. Ich weiß, wie er hieß. Ich weiß es."

Schrei.

Stille.

Schrei.

Stille.

„Bitte, sag es."

„Arno Mitschke. Das war sein Name. Er hieß Arno Mitschke. Und er war Schiffskoch, weißt du."

Geld oder Sterben

Erna Burggraf war einundsiebzig Jahre alt und hatte schreckliche Angst. Wann es angefangen hatte, konnte sie später nicht mehr sagen. Obwohl sie mehrfach danach gefragt wurde. Tatsache war, dass an einem ungewöhnlich heißen Morgen im Juni ihr Plan feststand.

Nicht alleine, weil sie ihr Herz immer lauter hatte klopfen hören und weil sie das Gefühl hatte, die Luft zum Atmen würde knapper werden – Geldsorgen hatte Erna Burggraf ja auch gehabt. Schulden hatte sie nicht, das nicht. Sie hatte nur zeit ihres Lebens jedes Geldstück zweimal umdrehen müssen.

„Ach, was, zweimal", sagte sie bei der Vernehmung ungehalten, „dreimal." Sie wusste, dass sie kostbare Zeit verlor.

Sie seufzte und rieb sich mit dem Daumen und dem Mittelfinger ihrer rechten Hand die Augenwinkel. Schon seit über vier Stunden saß sie jetzt in diesem Dienstzimmer. Sie lauschte und hörte, wie im Raum nebenan gestritten wurde, wie jemand auf hohen Absätzen den Flur entlangklapperte, sah zu, wie

Kaffee aus dem Filter der ehemals braunen, durch Kalkflecken weiß gefleckten Maschine gurgelnd in eine Kanne tropfte, sie zählte die Postkarten, die mit Tesafilm an die Tür geklebt waren (siebzehn waren es) und warf auch einen Blick auf die Frau des Hauptkommissars, als dieser für einen kurzen Moment das Zimmer verlassen hatte: Sie war klein, dick, etwa Mitte fünfzig, sie lächelte und sah ihr aus einem roten Bilderrahmen aus Kunstleder entgegen. Sie sah sehr nett aus, fand Erna.

„Hören Sie bitte", sagte Erna gerade, „gibt es hier keine Zelle, in die sie mich stecken könnten?"

Bis zu ihrem sechzigsten Geburtstag, auf den Tag genau, hatte Erna Burggraf als Köchin im städtischen Klinikum gearbeitet. In einundvierzig Jahren, sieben Monaten, zwei Wochen und acht Tagen hatte sie tonnenweise Zitronencreme angerührt und Quarkspeisen geschlagen, Kartoffelpüree abgeschmeckt und es mit tennisschlägergroßen Kochlöffeln am Anbrennen gehindert, sie hatte Braten geschnitten, Fleisch geklopft, Erbsensuppe gesalzen, beladene Tabletts nach Kaloriengruppen eingeteilt, Wochenpläne erstellt und lastwagenweise Karotten, Kartoffeln und Zwiebeln geordert. Woanders hätte sie nicht arbeiten wollen. Sie mochte ihre Kollegen und sie war stolz auf das, was sie tat. Als sie sechzig Jahre alt

160

wurde und man ihr nahelegte zu gehen, zögerte sie trotzdem keine Sekunde. „Irgendwann ist es genug", hatte sie gemeint, eine Runde Henkel trocken spendiert und vierundzwanzig Schinkenhörnchen und war gegangen.

In der Stadtbücherei besorgte sie sich einen Ausweis und fing an, all das zu lesen, was sie immer schon hatte lesen wollen, wofür sie nach der Arbeit aber meistens viel zu geschafft gewesen war. Von Böll las sie das meiste, von Hesse alles und ganze drei Monate kämpfte sie sich durch den Zauberberg von Thomas Mann. Am allerliebsten mochte sie die Reisejournale, die monatlich herauskamen und im Lesesaal der Bibliothek auslagen. Auf diese Weise war sie schon überall gewesen: auf der spanischen Treppe in Rom, auf dem Markusplatz in Venedig, sie hatte mit einem Schlauchboot den Colorado-River bezwungen und war auf einem kleinen Pferd Islands Küste entlanggeritten, sie konnte riechen, was im Inverlochy Castle in Schottland zum Tee gereicht wurde, hörte, wie die Cable Cars quietschten, wenn sie in San Francisco um die Ecken bogen, und sie sah den Blick, den man hatte, wenn man vom Dach des Empire State Buildings nach Süden schaute. Sie wusste, was danke auf Indisch heißt und wie man Caldo de Indianilla zubereitet, wie weit das kleine Örtchen Cervo über

161

der italienischen Riviera liegt und dass man im Urwald von Venezuela salatschüsselgroßen Vogelspinnen begegnen kann. Das mit der Angst kam viel später.

Erna war nicht das, was man eine alte Jungfer nennt, auch wenn die meisten Nachbarn und Bekannten sich dessen sicher waren. Sie hatte ein einziges Mal geliebt und war wiedergeliebt worden, und das war mehr, wusste sie, als die meisten Nachbarn und Bekannten von sich behaupten konnten. Sie war ein Mal in ihrem Leben dem Tod von der Schippe gesprungen, als Kind, als sie eine Lungenentzündung gehabt hatte, sie war ein Mal in ihrem Leben geflogen (nach Berlin und zurück), sie hatte einen Beruf gelernt, war ein Mal in ihrem Leben sternhagelvoll gewesen und hatte eine sehr gute Freundin gehabt, fast ein ganzes Leben lang. Ohnehin ließ sich nichts wiederholen.

Emma Wagner hieß Ernas sehr gute Freundin. Sie wohnte im dritten Stock. „Fr. Wagner" stand auf dem Zettel, den jemand an die Tür geklebt hatte. Der Zettel von „Fr. Bischof" hing darüber, weil sie schon länger im Pflegeheim lebte. Außer einigen Büchern hatte Ernas Freundin nichts von zuhause mitnehmen dürfen, weil die Zimmer viel zu klein waren. Jetzt hatte sie ein Bett, einen Stuhl und ein

Waschbecken, das sie sich mit Frau Bischof teilen musste – genauso wie den Fernseher und das Bücherregal. Drei Bücher von Rosamunde Pilcher gehörten Emma Wagner, kleine Bändchen mit Gedichten, mehrere Wälzer von Konsalik und drei dicke Hefte mit Kreuzworträtseln, die längst gelöst und schon ganz zerfleddert waren. Über ihrem Bett hingen vier Bilder, die Erna vor vielen Jahren für sie gestickt hatte, ein Baum im Wechsel der Jahreszeiten. Jemand vom Pflegeheim hatte die Bäume in der falschen Reihenfolge aufgehängt, nach dem Frühling kam der Winter, nach dem Herbst der Sommer. Daneben hatte die Heimleitung eine Pinnwand aus Kork befestigt. Sie hing über jedem Bett und so gut wie nie war daran irgendetwas festgesteckt.

Am Anfang hatten die beiden Freundinnen in ihrer Not noch Witzchen gemacht. Was sie sahen, hörten und rochen, war zu schlimm. So alt waren sie noch nicht. Morgen ist auch noch ein Tag, das Beste draus machen, der Krieg war schlimmer – meistens. Aber Emma wurde älter und kränker und war immer mehr angewiesen auf die, die sich um sie kümmern mussten. So oft ihre Freundin zu Besuch kam, und sie kam jeden Tag, so oft weinte sie und umklammerte sie ihre Hand, wenn sie gehen musste. Emma trank nur noch, wenn Erna da war und ihr die Schnabel-

163

tasse an die rissigen Lippen drückte. Sie sprach nicht mehr. Eines Tages drehte sie den Kopf weg, als Erna an ihr Bett trat. Es kostete Emma eine unglaubliche Kraft. Und dann starb sie.

Natürlich wusste Erna ganz genau, woher die Angst gekommen war. Aber sie musste ja nicht jedem alles sagen.

Sie, die immer schon sparsam hatte leben müssen, schaute jetzt noch mehr aufs Geld. Sie hatte sich ausgerechnet, wie viel sie monatlich abzweigen musste, damit ihr Emmas Weg ins Pflegeheim erspart blieb. Erna erschrak fürchterlich, als sie erfuhr, wie teuer selbst dieses Heim gewesen war. Sie besuchte eine Frau in der Nachbarschaft, die von einer Polin versorgt wurde, und machte sich gleich anschließend zuhause eine Liste, um einen Überblick zu bekommen, was sie wo einsparen konnte: Zur Bibliothek fuhr sie nur noch mit dem alten Klapprad, das den Leuten in der Wohnung unter ihr gehörte, das Erna aber jederzeit benutzen durfte. Das gesparte Seniorenticket der Straßenbahn brachte ihr monatlich fünfzehn Euro. Brot kostete im Supermarkt nur die Hälfte, auf Fleisch und Wurst verzichtete sie ganz. Die neuen Schuhe für den Herbst mussten warten. Beim Friseur war sie sowieso schon lange nicht mehr gewesen, das Haarnetz tat es auch. Es war ein Glück,

164

dass sie auch schon seit Ewigkeiten bei keinem Arzt mehr gewesen war, denn den hätte sie sich jetzt auch geschenkt. Sie trennte ihre alten Pullover auf und strickte sich neue, in die sie besser passte. Sie verzichtete auf ihren Fernseher. Sie studierte Prospekte, bevor sie fürs Mittagessen einkaufen ging. Sie heizte weniger. Sie verschenkte Bubi, ihren Wellensittich, an ein kleines Mädchen, das sie vom Sehen kannte. Sie war eisern.

Was am Ende übrig blieb, war aber trotzdem viel zu wenig.

Fast genau ein Jahr nach Emmas Tod hatte sie das Gefühl, selbst schon so gut wie tot zu sein.

Es war jener heiße Junimorgen, an dem sie das Gefühl beschlich, verrückt zu werden. Da saß sie am Küchentisch und sah zu, wie eine Fliege am Deckelrand der Kirschmarmelade entlangkrabbelte. Erna fing sie mit der rechten Hand, entließ sie am offenen Fenster in die Freiheit und schaute sich anschließend in der Küche um, als würde sie das zum ersten Mal tun. Sie starrte auf die alte Wachstischdecke, die Kratzer und abgeblätterten Stellen am Herd, die ausgebleichte Blümchenleiste in Augenhöhe und auf den billigen, gelbweißen Küchenschrank. Sie machte sich auf den Weg ins Wohnzimmer, registrierte im Flur, dass der Teppich an einigen Stellen so dünn war, dass man den grauen Linoleumboden durchscheinen sehen konnte, und ließ sich dann im Wohnzimmer auf die durchgesessene Couch sinken, die sie noch nie hatte leiden können, weil sie hellbraun war und aus bröseligem Kunstleder. Sie beugte sich nach vorne zum Beistelltischchen und nahm den Bleistift und den Block zu Hand, die dort lagen, und schrieb:

LETZTE LISTE
BUSFAHRKARTE/HIN UND ZURÜCK
STRUMPFHOSE/BLICKDICHT
PLASTIKTÜTEN/MIND. 8
KINDERPISTOLE

Erna hatte keine Ahnung, was man für Spielzeug ausgeben musste. Aber so ein kleines schwarzes Ding aus Plastik konnte ja nicht die Welt kosten. Hinterher, wenn sie reich sein würde, war das ohnehin egal.

Die Spielzeugpistole war so teuer, dass sie beschloss, dass zwei fleischfarbene Strumpfhosen übereinandergezogen auch den Zweck einer blickdichten erfüllten. Sie ging noch mal in die Bibliothek, weil sie das Gefühl hatte, Abschied nehmen zu müssen. Fast den ganzen restlichen Tag verbrachte sie dort. Wieder daheim, überlegte sie lange, was sie kochen sollte.

Etwas, das zur Feier des Abends passte und dem Anlass angemessen wäre. Schließlich machte sie sich ein Omelette aus drei Eiern und aß ein dick mit Butter beschmiertes Stück Pumpernickel dazu. Bis auf die Scheibe Brot verschwendete sie so eine Dreitagesration, aber sie genoss es. Sogar ein Bier gönnte sie sich – für die Nerven: Erna, die sonst immer nur Kaffee trank und hin und wieder ein Glas Leitungswasser, hatte noch eben schnell, während die Eier in der Pfanne stockten, bei den Nachbarn geklingelt, und sich eine Flasche Bier geborgt.

„Gleich total verdächtig" sei ihm das vorgekommen, erzählte dieser Nachbar später der Polizei, obwohl niemand etwas von ihm hatte wissen wollen.

Erna schlief schlecht. Und sie träumte schwer. Von blauen Hunden, die sie jagten, von Schluchten, tosenden Wasserfällen, von der sabbernden Emma und von ihrem Vermieter, der nackt war und mit dem Finger auf sie zeigte.

„Furchtbar", sagte Erna laut, als sie gerädert aufwachte, nahm den Traum aber als gutes Zeichen, weil sie irgendwo gelesen hatte, dass Träume immer das Gegenteil bedeuteten.

Sie hatte sich den Wecker auf sechs Uhr gestellt, wäre aber auch von ganz alleine aufgewacht, und wusste nun beim besten Willen nicht, was sie bis

8.17 Uhr anstellen sollte. Um 8.17 Uhr fuhr ihr Bus am Händelplatz ab, um 8.45 Uhr machte er in der Welfenstraße Station.

Erna wusch sich, zog sich an, brachte zum Frühstück keinen Bissen herunter, trank zwei Tassen Kaffee, blieb am Tisch in der Küche sitzen und wartete. Ihr fiel ein, dass sie die Strümpfe noch gar nicht anprobiert hatte. Sie stürzte ins Schlafzimmer, wo auf der Kommode schon alles bereitlag. Sie zog sich die Strumpfhosen über den Kopf, starrte auf die Spiegeltür des Schranks und wunderte sich, wie schrecklich sie aussehen konnte. Sie nahm sie vorsichtig wieder ab, stopfte sie zusammen mit der Spielzeugpistole in eine der zehn Plastiktüten und ging in den Flur. Sie beschloss, den 7.17-er zu nehmen und vor der Bank einfach ein bisschen länger zu warten. Zuhause hielt sie es nicht mehr aus.

Der 18. Juni versprach genau so heiß zu werden wie der Tag zuvor. Schon in der Früh beim Aufstehen hatte Erna fühlen und sehen können, wie schön der Tag werden würde. Es beruhigte sie. Ohnehin hatte sie das Gefühl, alles viel stärker wahrzunehmen als sonst: die verschlafenen unglücklichen Gesichter der Leute, die ihr entgegenkamen, der köstliche Duft, als sie an der Bäckerei vorbeilief, das Geräusch, das ihre Schuhe auf dem Gehweg machten, die vielen Autos, die Radfahrer, die dicht an ihr vorbeifuhren, die Kinder, die sie überholten und die sie später im Bus wiedererkannte. Eines der Mädchen erinnerte sie an etwas oder jemanden, etwas, das schön gewesen war. Erna lächelte das Mädchen an, das daraufhin sein Gesicht zu einer hässlichen Fratze verzog und ihr die Zunge herausstreckte. Erna drehte erschrocken den Kopf zur Seite. Als sie merkte, dass ihr die Tränen kamen, hob sie hilflos die Schultern. Wie alt musste sie eigentlich noch werden, dass ihr so etwas nicht mehr wehtat?

In Sichtweite zur Volksbank stand ein Kiosk, und weil Erna so früh dran war, las sie die fett gedruckten Überschriften einiger Zeitungen.

„Kopf abgehackt und Gehirn gegessen" meldete die Bildzeitung. Da kam ihr ihr eigenes Vorhaben gleich viel weniger schlimm vor. Sie studierte eine Werbeanzeige der Lotto-Gesellschaft, auf denen Leute, die an einem Palmenstrand lagen, lachten und so aussahen, als hätten sie gerade den besten Witz ihres Lebens gehört. Sie errötete, als sie die riesigen Brüste sah, die ihr eine junge Frau auf einer der Zeitschriften entgegenstreckte, sie ging verschämt weiter und fühlte sich ertappt, als sie bemerkte, dass der Kioskbesitzer, oder zumindest der, den sie dafür

169

hielt, sie schon eine ganze Weile missmutig beobachtet haben musste.

Sie lief ein paar Schritte und setzte sich auf eine der beiden Bänke, die vor der Volksbank um ein Blumenbeet postiert waren. Erna schloss die Augen.

Um neun Uhr sollte die Bank öffnen. Zwanzig Minuten vor neun musste Erna so dringend auf die Toilette, dass ihr Tränen in die Augen traten und ihr schlecht wurde. Aber wohin hätte sie jetzt noch gehen können?

„Ist Ihnen nicht gut?", fragte der Mann vom Kiosk, der auf einmal vor ihr stand. Sonst hatte er meistens tatsächlich schlechte Laune, hatte sich aber jetzt doch Sorgen um die alte Frau gemacht, die nun beinahe eine geschlagene Stunde auf dieser Bank vor der Bank saß, merkwürdig mit den Füßen scharrte und sich ansonsten keinen Millimeter bewegte.

„Ich müsste mal", flüsterte Erna, und es klang so gepresst, dass der Kioskbesitzer blitzartig erfasste, wie schnell es gehen musste. Er half Erna hoch und zog sie schnurstracks zum Kiosk.

„Tempo, Tempo", sagte er dabei und stieß sie dann förmlich in das kleine Kabuff, das zum Kiosk gehörte und ein Chemieklo beherbergte.

Erna war nach einer guten halben Minute so sehr erleichtert, dass sie ihren Plan zu guter Letzt fast doch noch verworfen hätte. Sie besann sich allerdings anders, drückte dem Mann dankbar die Hand und ging wieder auf ihren Posten. Nur, dass sie sich jetzt direkt vor den Eingang der Bank stellte.

Eine junge Frau in einem dunkelblauen Kostüm kam die Stufen herauf und lächelte Erna freundlich an.

„Guten Morgen", sagte die Frau in breitem Schwäbisch, „Sie sind aber früh dran."

„Guten Morgen", erwiderte Erna höflich und sah zu, wie die Frau in ihrer Handtasche nach einem Schlüssel suchte, sich bückte, das Schloss des Gitters öffnete und das Gitter nach oben schob. Ein älterer Herr mit Aktenkoffer trat hinzu. Er nickte in Ernas Richtung und half der jungen Frau beim Gitterhochschieben.

„Guten Morgen, Frau Haas, zu zweit geht's besser."

„Danke." Frau Haas schloss die Eingangstür auf.

„Es dauert noch einen kleinen Augenblick, bitte", sagte sie an Erna gewandt. Dann schob sie sich hinter ihrem Chef in die Bank und sperrte von innen zu. Erna sah auf ihre Armbanduhr. Es war eine Minute vor 9.

Punkt 9 Uhr kam Frau Haas wieder, drehte den Schlüssel um, öffnete und sagte lächelnd: „So, jetzt aber." Sie ging vor Erna in Richtung Schalter. Und weil Erna nirgendwo den älteren Herrn entdecken konnte, Frau Haas noch immer nicht hinter ihrem Schalter stand und offensichtlich gerade mit dem Durchsehen einiger Kontoauszüge beschäftigt war, nutzte Erna die Gelegenheit, um sich erstaunlich gelassen die beiden Strumpfhosen über ihr Haarnetz und über ihr Gesicht zu ziehen. Sie hielt die Pistole in der rechten Hand, zitterte nur ein ganz klein wenig, räusperte sich, und genau in diesem Moment schaute Frau Haas, die mittlerweile hinter dem Schalter Platz genommen hatte, mit einem „Was kann ich für Sie tun?" lächelnd auf – und stutzte.

Die kleine dicke Frau, die sie eben noch so sehr an ihre eigene Großmutter erinnert hatte, musste sich eine Art Osterhasenkostüm übergezogen haben, durch das sie vermutlich kaum sehen konnte und hinter dem das Atmen Probleme zu machen schien.

Erna zielte mit der Mündung der Waffe am linken Ohr von Frau Haas vorbei auf ein Kalenderbild von Klee.

Sie konnte tatsächlich nur mit Mühe atmen, die beiden Zwickel saßen direkt über Nase und Mund. Und ihr Anblick erinnerte tatsächlich fatal an den Osterhasen: Die Beine der beiden Strumpfhosen hingen paarweise an der rechten und linken Seite ihres Kopfes hinunter.

„Bitte?", fragte Frau Haas, obwohl Erna gar nichts gesagt hatte.

„Geld oder Leben", sagte Erna mit leiser Stimme. Es hörte sich mehr wie eine Frage an.

„Überfall", fügte sie hinzu und wackelte mit dem Lauf der Spielzeugpistole.

Erst da dämmerte es Frau Haas. Sie drückte auf den kleinen Knopf, der sich rechts von ihrem Knie befand und dafür sorgte, dass im zehn Querstraßen entfernten Polizeipräsidium ein Notruf einging. Dann sagte sie, als wäre es nicht mal gelogen: „Hören Sie bitte, es ist noch zu früh, unser Computersystem ist noch gar nicht hochgefahren."

„Hochgefahren?", fragte Erna verständnislos. Sie schwitzte fürchterlich.

„Ich kann Ihnen nur Münzen geben", sagte Frau Haas liebenswürdig. Im Geiste hörte sie schon das Gelächter ihrer Freunde, denen sie am Abend diese Geschichte zum Besten geben würde.

„Macht doch nichts", sagte Erna gutmütig, weil sie auf die Schnelle das Problem nicht erkannte. Sie hatte mit der linken Hand, an deren Gelenk die Tüten hingen, den Zwickel ein wenig zur Seite geschoben und konnte endlich wieder besser atmen. Sie reichte Frau Haas die Pennymarkttüten.

„Bitte beeilen Sie sich", sagte Erna freundlich.

Frau Haas füllte Erna vier Tüten zur Hälfte mit Münzgeld voll.

„Mehr haben wir nicht", sagte sie mit fester Stimme. Und während ihr Chef noch immer auf der Personaltoilette saß und Zeitung las, wuchtete Erna die Tüten über den Schalter, zwei rechts, zwei links, ließ dabei die Pistole fallen und machte sich schwankend zum Ausgang.

Auf der Treppe zur Bank setzte sie die Tüten kurz ab, riss sich die Strümpfe vom Kopf und dabei das Haarnetz mit herunter. Sie versuchte gleichmäßig zu atmen und ab sofort, indem sie sich mit Trippelschritten auf den Weg machte, den Eindruck zu erwecken, sie schleppe Einkäufe vom Supermarkt nach Hause.

Zwei Polizisten standen mit gezückter Waffe am Fuß der Treppe und wunderten sich.

„Hören Sie bitte, gibt es keine Zelle, in die sie mich stecken könnten?", fragte Erna also gerade.

Markus Mack, Hauptkommissar und kein Freund vieler Worte, hob den Kopf, lächelte und sagte: „Nein. Bedaure."

Dann schrieb er weiter.

„Darf ich ein bisschen hin- und hergehen? Mein Rücken tut so weh vom vielen Sitzen."

Markus Mack schaute wieder auf.

„Bitte", sagte er.

Bis zur Tür waren es ganze fünf Schritte. Erna stemmte ihre Hände in die Seiten und massierte sich mit den Fingerspitzen den Rücken. Sie legte den Kopf in den Nacken und zählte noch mal nach. Es waren tatsächlich siebzehn Postkarten und fast alle Motive kannte sie: den Tower und den Eiffelturm, die Golden Gate Bridge und die Skyline von New York, die Mauer in Berlin, außerdem gab es Berggipfel und Sonnenuntergänge am Meer, zwei halb nackte Frauen auf einem Motorrad, ein Orang-Utan sandte Grüße aus dem Kölner Zoo, ein Bayer in Lederhosen rief feixend „O'zapft is" und ein kleines rosa Ferkel wünschte „Viel Glück". Es gab Karten mit Blumenmotiven, Cartoons, „Düsseldorf bei Nacht" und Schwarz-Weiß-Fotografien. Eine Karte ganz am Rand bemerkte Erna erst, als sie sich gerade wieder wegdrehen und zurück zum Stuhl gehen wollte. Die Karte war weiß. Genau in der Mitte standen zwei in Rot gedruckte Zeilen: „Die Menschen, denen wir eine Stütze sind, geben uns den Halt im Leben."

„Sie dürfen gehen", sagte Markus Mack.
„Bitte?", fragte Erna.
„Sie dürfen heim."
„Warum?"

175

„Weil wir Sie hier nicht mehr brauchen." Markus Mack schob seinen Stuhl zurück und stand auf.

Erna klappte den Mund auf und wieder zu.

„Da keine Wiederholungsgefahr besteht", fügte Markus Mack hinzu.

„Und dann?"

„Dann müssen wir warten, was der Prozess ergeben wird, aber das kann dauern. So ..." Markus Mack machte Anstalten, ihr in die Strickjacke zu helfen.

„Ich bin ganz durcheinander", sagte Erna.

„Das glaube ich", erwiderte der Hauptkommissar und wartete, bis Erna ihre Jacke zugeknöpft hatte. „Zwei meiner Kollegen werden Sie nach Hause bringen."

„Ich möchte lieber auf den Friedhof."

„Nicht doch, Frau Burggraf."

Markus Mack hatte schon vieles erlebt während seiner Arbeit als Polizist und eigentlich war er das, was seine Kollegen einen „harten Knochen" nennen. Erna Burggraf jedoch machte ihn völlig fertig. Er schluckte schwer.

„Nein, nein", sagte sie beschwichtigend, „nicht, was Sie meinen. Ich möchte jemanden besuchen. Ginge das?"

Fast hätte sie Emmas Grab gar nicht gefunden. Die Beerdigung lag schon so lange zurück und seither

176

war sie nie dort gewesen. Nicht eine Blume wuchs auf Emmas Grab, nicht mal ein Buchsbäumchen. Der heiße Frühsommer hatte sein Übriges getan und Erna versprach ihr, dass sich das jetzt ändern würde. Sie sprach lange mit Emma.

Anschließend fuhr sie mit einem Taxi nach Hause. Das Sparen wollte sie aufgeben, die Pläne auch. Auf jeden Tag kam es an. Auf jeden einzelnen.

Noch bevor sie ihre Wohnungstür aufschloss, klingelte sie bei den Nachbarn. Die Frau wäre ihr fast um den Hals gefallen. Es schien fast so, als sei sie froh darüber, Bubi wieder loszuwerden. Er hatte so gut wie nichts mehr gefressen, so sehr hatte er Erna vermisst.

In ihrer Küche stellte sie den Käfig auf den Tisch, trank drei Gläser Leitungswasser und fing an, an Markus Mack einen Brief zu schreiben.

Dass Liebe nicht endet

Okay.

Wo anfangen?

Mit den Dingen, über die sie sich immer noch freuen konnte: Vogelgezwitscher am Morgen, Vogelgezwitscher am Abend.

Jetzt wurde es schon schwieriger.

Es ging schon los.

Denn alles, was wirklich schön war, waren Erinnerungen. WAREN.

Und sie abzurufen, schmerzte. Trotzdem, immer und immer wieder.

Geschmack: salzige Butter, die auf Kartoffeln zerläuft, Milchhaut mit Zucker aufs Brot, Hefezopf mit Zwetschgenmus, Spätzle mit Soße, Gurkensalat, Butterplätzchen, Malzbonbons und Pfirsichbowle.

Geruch: der See, frisches Heu und Sauerampfer, ein alter Kohlenkeller, ein neues Buch, Rosen und Flieder und wie die Wäsche ihrer Mutter duftete. Zitronenbaumblüten.

Bilder: die Hügelkette im Abendlicht, Beppo, als er noch klein war und seine schwarze Schnauze so weich wie Samt, der Großvater im Schaukelstuhl, das Kruzifix in der Ecke, die Buschwindröschen im Frühlingswald daheim, Butterblumenwiesen, das halbe Foto des Mannes, den sie vielleicht hätte lieben können. Wenn er geblieben wäre.

Geräusche: Traktorgebrumm, die Standuhr, die Kirchturmglocken von St. Ulrich, Beppos Freudengekläffe, die ersten Töne der „Moldau".

Sie war kein Kind ihrer Zeit, sondern irgendwann aus ihr gefallen. In Zeitlupe. Und eigentlich fiel sie noch immer.

Neu war, dass sie spürte, dass sie fiel. Das und die Angst vor dem Aufkommen. Ob sie dann sterben würde?

Sie war noch nicht alt und sie sah auch nicht so aus. Ihre Gesichtshaut war glatt, kühl und ganz weich. „Rosig".

Immer ungeschminkt. Immer ungeküsst bis auf das eine Mal. Ihr Haar war lang und braun und im Nacken zu einem Zopf geflochten. So als ob sie zehn Jahre alt wäre oder elf oder zwölf und nicht zweiundvierzig. Sie trug Kleider, die auch ihre Mutter gemocht hätte, die sie zum Teil tatsächlich getragen hatte. Praktisches, Hosen und Blusen, die bequem für die Hausarbeit waren, für die Arbeit im Garten. Oft Getragenes, ausgebleicht und altmodisch, ein einziges feineres Sommerkleid in Gelb mit großen roten Blüten. Stücke, zu denen man früher „Nachtwäsche" gesagt hatte. „Schlüpfer". Dicke Strickjacken für den Winter, Dorfklamotten. Das meiste bestellte sie per Katalog. Größe 36. Ihren Kolleginnen und ihrem Chef war sie suspekt. Trotzdem fragte sie sich, meist mehrmals am Tag, ob es gut war, dass ihre Tüchtigkeit sie vor dem Rauswurf bewahrte. Ihre vermeintliche Jungfräulichkeit war bei internen Praxisbesäufnissen, von denen sie ausgeschlossen war, immer wiederkehrendes Thema. Das beliebteste Gruppenspiel von allen. Und das böswilligste. Ihre Eigenschaft als Faktotum der Praxis, in der sie schon mit dem Vorgänger ihres Chefs zusammengearbeitet hatte, ersparte ihr das Schicksal, gemobbt zu werden. Ganz davon abgesehen, war gut sein, fachlich gut zu sein, ein Garant für nichts, für den Dreck unterm Fingernagel, für bloße Luft. Immerhin. All das wusste sie. Sie wurde ständig unterschätzt.

Sie war allein, wenn sie aufwachte.

Sie war allein im Bad.

Sie frühstückte allein.

Sie ging allein einkaufen.

Sie verbrachte ihre Mittagspausen allein.

Sie war allein, wenn sie sich nach der Arbeit ausruhte.

Sie aß allein zu Abend.

Sie schaute allein fern, allein aus dem Fenster ihres Wohnzimmers, das auf einen kleinen Stadtpark hinausging, sie schaute allein, dass sie zurechtkam.

Sie las allein, wenn sie im Bett lag.

Sie schlief allein ein.

Sie träumte allein.

Sie spürte, dass sie ein falsches Leben lebte. Sie kam nicht mehr zurecht.

Sie überlegte, ob sie zurück in das Dorf sollte, aus dem sie geflohen war.

Sie überlegte, ob sie sich einen Hund kaufen sollte. Einen neuen Beppo.

Sie überlegte, ob irgendjemand sie vermissen würde.

Sie überlegte, ob sie sich umbringen sollte.

Sie überlegte, wie.

Der Herbst kam früher ins Dorf. Es lag höher als die Stadt und bekam die Winde ab, die Stürme. Die Bäume hingen voller Mostbirnen und reifer Äpfel. Die Wespen waren angriffslustig, ließen sich nur schwer vertreiben und taumelten mehr, als dass sie flogen. Auf einer Koppel dösten zwei alte Pferde, Flanke an Flanke, ein Schimmel und ein Fuchs, mit gesenkten Rücken und dünnen Mähnen. Am höchsten Punkt des Weges stand eine Bank und darauf ein Spruch, wie mit dem Lötkolben eingebrannt: „Über allen Gipfeln ist Ruh'". Verschnörkelt.

Sie sah den Wolken beim Ziehen zu, den Vögeln beim Fliegen, den Wespen beim Taumeln. Sie setzte sich und wartete. Machte Pläne und verwarf sie, fasste Mut und knickte ein. Sie spürte etwas und lauerte.

„Komm, komm", lockte sie. Geflüstert.

Wenn Wahnsinnigwerden sich so anfühlte, dachte sie, das Schlechteste war das nicht.

Sie blieb lange sitzen. Eine junge Frau, die ihren Golden Retriever spazieren führte, kam vorbei, ein Traktor dröhnte von einer Wiese am Waldrand herüber. Keine Jogger, keine Mountainbiker, keine Müßiggänger. Auf dem Dorf arbeiteten die Leute. Die Luft roch süß und herb. Sie war müde und hellwach zugleich, schläfrig mit pochendem Herzen.

Als ihr das Sitzen zu unbequem wurde, die Bank zu hart für ihre spitzen Knochen, stand sie auf. Sie würde ihr alles erzählen und dann ganz benommen schweigen. Auf ihren Rat würde sie nicht mehr warten. Und selbst wenn ein Zeichen von ihr käme, ein Windhauch, ein Blätterrascheln, ein neugieriger kleiner Vogel, ein Wolkenbild, ein Sehnen, ein Ziehen, ein Schmerz – sie würde versuchen, es zu ignorieren. Sich von ihr verabschieden. Für länger. Für lange. Wenn alles gut ging, wenn sie jetzt groß genug war.

Der Feldweg führte am Friedhof entlang und zum schmiedeeisernen Tor, das offen stand, Tag und Nacht. Dorfleben, Dorfsterben. Kein Mensch war hier, nie traf sie einen Lebenden, so gut wie nie. Mit verbundenen Augen hätte sie den Weg gefunden. Sie machte die Augen zu. Hörte ihre Schritte auf dem Kies, spürte den Wind in den Zweigen der Eiben, roch den Efeu. Zwanzig Schritte nach rechts, fünf nach links, zehn nach rechts und stillgestanden. Ganz still.

„DAS LEBEN ENDET, DIE LIEBE NICHT" – auch das las sie ohne die Augen zu öffnen. Der Wunsch der Mutter von der Tochter in Auftrag gegeben und in Stein gemeißelt.

Monika Selbmann
11.3.1945 – 30.8.1999

Heute vor sieben Jahren. Sie schlug die Augen auf.

Sie nahm eine Woche frei. Am Montag kaufte sie so viel ein wie noch nie in ihrem Leben: T-Shirts, mehrere Jeans, einen schwarzen Blazer, ein kurzes schwarzes Kleid, ein langes schwarzes Kleid, vier Paar Schuhe, eine dicke weiche Strickjacke, zwei Bikinis, einen Badeanzug, mehrere BHs, mehrere dazu passende Höschen, vier Schlafshirts, einen dunkelgrauen viel zu großen Bademantel, Bettlaken, Bettwäsche, neue Handtücher. Sie musste dreimal vom Auto hoch in ihre Wohnung laufen, um alles auszuladen. Sie wurde nicht müde. Sie packte alle, ALLE alten Sachen in Plastiksäcke und fuhr sie zum Altkleidercontainer. Sie musste viermal zum Auto laufen. Sie bestellte sich zum ersten Mal in ihrem Leben eine Pizza Funghi nach Hause und blätterte beim Essen in einem Ikea-Katalog. Sie war immer noch nicht müde. Sie wusch die Bettwäsche und die Schlafshirts im Schnelldurchgang, warf den Trockner an und bezog ihr Bett frisch. Fliederfarben. Sie öffnete eine Flasche Rotwein, das Geschenk eines Patienten. Ganz für sich alleine. Auch Premiere. Sie trank in großen Schlucken und wurde endlich bettschwer. Sie träumte vom Fliegen über fliederfarbenen Wolken.

Am Dienstag fuhr sie zu Ikea. Am Mittwoch war Sperrmüll.

Am Donnerstag ließ sie sich die Haare schneiden. Kurz, aber nicht zu kurz. Am Freitag hatte sie einen dunkelbraunen Bob und einen Termin beim Tierheim. Einen Beppo gab es nicht, aber eine kleine, nicht mehr ganz junge Amanda mit Unterbiss. Am Samstag kaufte sie eine Leine, Futter und einen Hundenapf. Das restliche Wochenende über räumte und träumte sie. Sie zeigte Amanda den Stadtpark und das kleine Wildgehege im Wald, ein Straßencafé, einen Biergarten, das Haus, in dem sich die Praxis befand, in der sie nie wieder arbeiten wollte, den Fluss. Sie streichelte Amanda in den Schlaf. Sie nahm sich vor, Amanda am nächsten Wochenende mit ins Dorf zu nehmen, auf die Wiesen dort, damit sie sich den Wind um ihre Samtschnauze wehen lassen konnte.

Vieles half von Anfang an nicht. Die Kündigung nicht, die neue Halbtagsstelle in einer anderen Zahnarztpraxis nicht, die fünf Tage mit Amanda im Harz nicht. Das Anlächeln des eigenen Spiegelbilds am Morgen, das Glas Rotwein am Abend, das zweite und das dritte, italienisch kochen, thailändisch kochen, ihre ehrenamtliche Mitarbeit im Tierheim, Bücher, Filme, der Himmel, die Wolken, die Sterne, die ersten Schneeflocken des Winters – nichts davon. Die Leere wurde nur noch größer. Nur Amanda half. Dass es ansonsten nicht weniger wehtat, es zerriss sie schier. Was war es – dieses „es"? Was war das bloß für ein ES, das ihr so fehlte? Es musste was Gemeines sein, das sie so dermaßen hängen ließ. Sie grub weiter. Vorsichtig. Nicht, dass noch mehr kaputtging.

Auf dem Weihnachtsbasar des Tierheims, bei dem sie sich auf der Liste für den Glühweinstand eingetragen hatte, zog sie beim Krabbelsack ein Paar „Glovers – Gloves for Lovers", Handschuhe für Verliebte. In Knallrot. Sie hatte beim Auspacken in

185

großer Runde eigentlich geglaubt, es handele sich um einen etwas merkwürdigen Überzug für Wärmflaschen. Die anderen mussten ihr erst erklären, was es damit auf sich hat.

„Damit du im Winter mit deinem Liebsten so richtig Hand in Hand gehen kannst und nicht Handschuh in Handschuh", sagte die Frau neben ihr, deren Namen sie nicht kannte.

Gelächter.

Getuschel.

Ein Mann reichte einen Teller mit Plätzchen an sie weiter. Lächelte er?

„Hab ich selbst gebacken", sagte er.

Sie dachte an Amanda.

Sie nahm sich ein Vanillekipferl. Es schmeckte nach Staub und roch nach Katze.

Und Weihnachten kam. Und Silvester. Sie hatte das Gefühl, die Einzige zu sein, die übrig geblieben war.

In der neuen Praxis saß sie an der Rezeption. Die Ältesten im Team saßen immer dort. Das war so. Entweder junge Helferinnen wurden vom Fleck weggeheiratet, von befreundeten Zahnärzten des Chefs, Studenten, Klempnern, Zahntechnikern oder Möbelspediteuren. Oder sie verknöcherten unentdeckt und unerkannt hinter Danke-Sparschweinen fürs Praxisteam, wurden alt hinter Topfpflanzen und

186

Computerbildschirmen. Auf dem lindgrünen Button mit ihrem Namen stand I. Selbmann. I für Ines.

„Wenn wir Sie nicht hätten, Ines", sagte ihr neuer Chef und es war nett gemeint. Was ihr wiederum wehtat.

So dumm und naiv war sie nicht, dass sie nicht wusste, was es wirklich war. Was ihr fehlte. FEHLTE. Es war er. Natürlich. Aber was half es? Sie war jetzt ein spätes Mädchen. Ein arg spätes Mädchen mit kleinen Hängebrüsten. Zu lange nicht aufgewacht und jetzt – brachliegend.

Jens war auf dem Dorf groß geworden, so wie sie, aber doch ganz anders. Er hatte drei große Brüder gehabt und war ein Nachzügler gewesen. Und während seine älteren Geschwister auf dem riesigen Bauernhof der Eltern längst hatten mit anpacken müssen, blieben Jens die Kühe, die Schweine, die Feldarbeit und alles, um was sich sonst noch gekümmert werden musste, vorerst noch erspart. Fast war es so, als hätten Monika Selbmann und ihr alter Vater den Jungen schon so gut wie adoptiert. Nur nachts war er zuhause, schlief er nebenan im großen Bauernhaus, unter schweren Daunendecken, unter denen schon seine Großeltern geschlafen hatten, den Herrn Jesus überm Kopfende, die Klebspirale mit den toten Fliegen gleich daneben.

187

Jens und Ines streiften kurze Stunden lang über Butterblumenwiesen und ließen Beppo vornewegrennen, sie bauten Hüttchen im Wald, spielten Segelschiff auf hohen Buchen und Großwildsafari auf Hochsitzen. Sie sammelten Pilze und brauten ungenießbare Hexensuppen, sie sammelten Kastanien und bewarfen Scheunentore damit, sie fuhren jauchzend Schlitten und rieben sich gegenseitig mit Schnee ein, sie tunkten einander im Waldsee und versteckten sich voreinander im Heu. Was Ärger gab. Sie traten gegeneinander im Laufen, Weitspucken und Armdrücken an. Sie rauchten heimlich ihre ersten Zigaretten. Sie kotzten gemeinsam in den Bach und schämten sich nie vor einander. Sie verstanden sich blind und taub und stumm. Bis sie keine Kinder mehr waren.

Selbst im Dorf waren die Hosen, die Jens den Frühling, den ganzen Sommer und den Herbst über bis weit in den Winter hinein tragen musste, nicht mehr zeitgemäß: kurze Lederhosen, vom Ältesten eingetragen, an den Nächsten weitergegeben, an den Nächsten – bis er an die Reihe kam. Das alte Leder, der Latz zum Knöpfen mitsamt den Hosenträgern und den kleinen weißen Hirschgeweihen – unzerstörbar. Im Winter waren Jens' Knie blau vor Kälte, im Sommer grün vom Gras. Ein bisschen dreckig waren sie immer, die Haut verhornt so wie an seinen Ellenbogen. Ines mochte seine Knie und dass sie so knochig waren. Sie sah sie auch dann noch ganz genau vor sich, als die Lederhose längst ausgedient hatte und sie ordentlich verpackt auf dem Boden des Bauernhauses auf die nächste Generation Bauernjungs wartete. Vergeblich mit ziemlicher Sicherheit. Sie mochte auch, wie Jens roch: nach frischer Luft und Rauch und Staub und Milch und Heu und etwas, von dem sie nicht wusste, was es war. Alles zusammen. Ein bisschen süß das Ganze. Sie steckte ihre Nase immer wieder in die Sachen, die er ihr im Lauf der Jahre geschenkt hatte, obwohl sie anders rochen. Nicht mehr nach ihm. Im Schuhkarton unter ihrem Bett lagen: der Flügel eines Pfauenauges, zwei Kastanien, die die Form von Wachteleiern hatten, eine Dohlenfeder, das Häuschen einer gefleckten Schnirkelschnecke, getrocknete Butterblumen, einen Schnuller, den er einmal im Wald gefunden hatte, siebzehn verschiedene Steine, ein Tannenzapfen, ein Coca-Cola-Kronkorken, eine Hundepfeife, die nicht mehr funktionierte, ein Stück Wurzelholz, das aussah wie der Kopf eines Wolfes. Am Abend vor ihrem zwölften Geburtstag steckte Ines zum allerletzten Mal die Nase in seine Geschenke. Dann waren auch sie fort.

Ines hatte nur Jens eingeladen. Wen sonst. Mit all den anderen Kindern hatten sie sich nie abgegeben.

Es hatte ihnen gereicht, sie in der Schule ertragen zu müssen. Ihre Blindheit, ihre Dumpfheit, ihren Neid. Sie waren anders. Und sie beide waren doch eigentlich schon groß. Größer als alle anderen. Weit, weit weg. Sie wussten schon, was sie wollten. Und was nicht.

Von ihrer Mutter hatte sie sich Rhabarberkuchen gewünscht, den Lieblingskuchen, und ein Buch, das „Der liebe Herr Teufel" hieß. Und Rollschuhe, die jetzt nicht mehr Rollschuhe hießen, sondern „Roller Skates". Und Toast Hawaii zum Abendessen. Sie schoben den Schaukelstuhl des Großvaters an die Kaffeetafel und alle zusammen aßen sie den Kuchen und tranken Kaba – der Opa, die Mutter, der Jens, die Ines. Der Großvater hatte Ines nichts geschenkt, aber das machte nichts. Er war ja so alt. Jens wollte ihr sein Geschenk später zeigen. Eine Überraschung.

Der Junihimmel war hoch und klar. Es war heiß und der Wind wehte über die Wiesen und die Butterblumen, die Mohnblumen und all die blühenden Gräser, deren Duft Ines so mochte. Beppo rannte kläffend neben ihnen her. Sie rannten auch. Warum, hätten sie nicht zu sagen gewusst.

Jetzt war sie zwölf. Und er war vierzehn. Zwölf und vierzehn macht zusammen sechsundzwanzig, durch zwei macht: dreizehn. Sie beschlossen, dass die Dreizehn eine Glückszahl war. Sie wussten, dass es so war.

„Wenn du zwölf bist, dann küss ich dich", hatte er einmal zu ihr gesagt. Geflüstert.

Und sie hatte eine Weile überlegt.

„Warum erst dann?" Ganz laut und aufgeregt.

„Weil du dann kein Kind mehr bist. Und ich auch nicht."

„Weil Kinder sich nicht küssen dürfen?" Atemlos.

„Genau. Du Schaf."

Und dann hatte er sie angegrinst und sie sacht in den Bauch geboxt und sie war kreischend und schreiend und feixend vor ihm davongelaufen, bis unter die Obstbäume, wo er sie erwischte und ein bisschen grob durchkitzelte. Sie liebte das.

Am Waldrand stand der Hochsitz, den sie am liebsten mochten. Er hatte Wände und ein richtiges Dach, im Innern eine kleine Sitzbank und es gab sogar eine Tür, die man, leider nur von außen, verriegeln konnte. Eigentlich war es gar kein Hochsitz, eher eine kleine Gartenhütte auf Stelzen. Dorthin rannten sie jetzt und kletterten schnellschnellschnell die Holzleiter hoch, er zuerst. Beppo auf dem Waldboden kläffte aufgeregt. Ausgeschlossen.

„Schsch", machte Ines und „Pfui!". Beppo winselte und setzte sich und sah zu ihr hoch.

„So ist's brav."

191

Sie waren schon so oft hier gewesen. Vom Fenster aus, nicht mehr als ein handbreiter Spalt in einen der Holzwände, konnte man die Streuobstwiesen überblicken und am Dorfrand schon die Dächer der ersten Häuser sehen, das Haus ihres Großvaters, das Bauernhaus. Aber diesmal sahen sie nicht hinaus. Es war so anders an diesem Tag, an ihrem Ehrentag. Lieben und ehren. Sie mussten verschnaufen.

In den Strahlen der Sonne, die durch den Spalt einfielen, schwebten Pollen und Staubteilchen durchs dämmrige Licht. Sie spürte, dass sie sich freute.

Sie sahen einander an. Sie sah zu ihm auf.

„Küsst du mich jetzt?"

„Du Schäfchen", sagte er liebevoll, „doch nicht so schnell."

Seine Stimme zitterte.

„Ich hab doch was für dich." Er zog mit der rechten Hand eine kleine Papiertüte aus seiner Hosentasche, Blumen waren darauf gedruckt, Glockenblumen. Wie ein zerknittertes Samentütchen sah es aus, sein Geschenk.

„Hier, für dich." Seine Hände zitterten auch.

Sie nahm das Tütchen und löste den Tesafilm-streifen, mit dem es verschlossen war. Sie hielt es schräg und ließ das, was darin war, herausrieseln wie Brausepulver.

„Oh", machte sie und zog das „O" dabei lang.

„Oh, wie schön."

In ihrer Hand lag eine Kette aus Silber, eine lange Kette mit einem Anhänger.

„Ein I", hauchte sie, „nein, ein J."

„Es soll ein I sein, aber sieht aus wie ein J, finde ich. Es ist beides."

Er räusperte sich.

„Ich, ich mach sie dir um, ja?"

Er nahm die Kette mit beiden Händen aus ihrer gewölbten Hand und öffnete den Verschluss mit dem linken Daumen. Seine Hände berührten ihr langes braunes Haar, er hob es an, als er ihr die Kette um den Hals legt. Seine Haut streifte ihre Haut. Er beugte sich nach vorne, sodass ihre Stirn an seiner Brust lehnte. Er sah ihr von oben auf den Nacken, der verschwitzt war, den er riechen konnte, den er einatmete. Mit den Händen teilte er ihr Haar, um den Verschluss sehen zu können.

„Na", sagte er und schnalzte ungeduldig mit der Zunge. Er brauchte lange. Er konnte förmlich mitverfolgen wie das, was zuvor in seinem Kopf gewesen war, plötzlich nicht mehr da, sondern irgendwo anders hingerutscht war. Zurück blieb eine Leere, die ihn schwindelig machte, die schön war.

„So", sagte er.

Seine Hände glitten sanft zur Seite auf ihre Schultern.

„So", sagte er noch mal. Und so blieben sie stehen, ihre Stirn an seiner Brust, seine Hände auf ihren Schultern. Sehr, sehr lange. So sehr, sehr lange, dass er das Gefühl hatte, er bekämpfe Krämpfe in den Armen, so sehr, sehr lange, bis sie spürten, dass sie das Herz des anderen schlagen fühlen konnten, so sehr, sehr lange, dass er seine Arme öffnete und Ines fest an sich drückte. Und dann machten ihre Arme, die bis dahin so lang geworden waren wie Besenstiele und so schwer wie Eisenstangen das Gleiche. Vier Arme streichelten über Schultern und Haare und Rücken und Hüften und Arme und verharrten dann. Und fingen von vorne an und verharrten wieder – bis seine Hände wieder auf ihren Schultern lagen und ihre auf seinen Hüften und sie sich anschauten. Und sie die Augen schlossen. Und sich einen kleinen kurzen Kuss gaben, auf die Lippen, ganz behutsam. Und dann einen längeren. Und dann einen ganz langen.

Und OB Zeit stillstehen kann.

So still und so lang, bis jedes Gefühl dafür verloren geht.

Draußen war blaue Stunde. Drinnen auch.

Beppo fing wieder an zu winseln, aber sie hörten nur sich. Sie hatten nur Ohren und Augen für einander. Ohren und Augen und Hände und Lippen und Zungen. So war das also. So schön. Und er nahm ihre Hand und legte sie auf die Wölbung in seiner Hose und sie strich vorsichtig darüber. Er stöhnte.

„So hart", flüsterte sie erstaunt.

Und dann fuhren seine Finger den Bund ihrer Jeans entlang, erfühlten den Knopf und den Reißverschluss, öffneten beides, ertasteten ihr krauses Schamhaar, die weiche Haut darunter, die Rundung. Sie keuchte.

Zwei Bilder würde Ines ihr Leben lang nicht aus ihrem Kopf verbannen können: Beppos kleiner toter Körper, wie er gekrümmt und wie hingeworfen (jemand HATTE ihn dorthin geworfen) im Feldgraben gelegen hatte. Und der Kopf ihrer Mutter, wie er in der Tür des Hochsitzes erschienen war, nachdem sie sie von außen aufgerissen hatte, was schwierig gewesen war, weil sie sich mit der einen Hand festhalten musste und in der anderen eine Taschenlampe hielt. Wie sich ihre Lippen zum Schreien nach außen gezogen hatten, was sie geschrien hatte.

„Ihr Schweine", ein lang gezogenes, angewidertes Kreischen, das in den Ohren der Kinder nachhallte, in ihrem Wald, sich in seinen Zweigen verfing, in seinen Blättern.

Jens durfte Ines nicht mehr besuchen kommen. Nicht mehr sehen. Nicht auszuhalten. Er durfte sich ihr nicht mal mehr nähern. Monika Selbmann war noch in derselben Nacht ins Bauernhaus marschiert und hatte alles geregelt. Unter anderem, dass Jens von da an in der Großen Kreisstadt zur Schule ging. Dass seine Eltern beim Sonntagsgottesdienst mit eingezogenen Köpfen dasaßen. Dass Ines sich für ihren Körper schämte. Dass Ines sich schmutzig fühlte. Dass Ines von nun an um die Liebe ihrer Mutter kämpfen musste und damit doch immer erfolglos bleiben würde. Dass zwei Herzen brachen.

Als ihre Mutter starb, kam ein Brief von ihm.

„Es tut mir leid. Brauchst Du Hilfe?"

Sie hatte nicht geantwortet. Warum, hätte sie nicht zu sagen gewusst. Damals nicht, heute nicht.

Vor zwei Jahren kam wieder ein Brief, eine himmelblaue Karte in einem himmelblauen Umschlag.

„Wir haben geheiratet. Silke und Jens."

Er sah glücklich aus und sie auch. Strahlend. Noch so ein Bild, das sie mit sich rumtrug. Silke und Jens, Silke und Jens, Silke und Jens. Es stimmte nicht. Gar nicht. Und genau da hatte es angefangen, das Fallen.

Jens auf einem halben Foto. Sie trug es im Geldbeutel bei sich. Ein halbes Foto, das sie regelmäßig herausnahm, betrachtete, berührte, beweinte und wieder wegsteckte.

196

Vogelgezwitscher am Morgen und Vogelgezwitscher am Abend. Und Amanda.

Vielleicht würde diese Silke sehr früh sterben. Was ihr sehr leid täte.

Vielleicht würde er dann wieder einen Brief schreiben. Nein, SIE würde IHM einen Brief schreiben. Sie streichelte Amanda. Und beschloss zu warten.

Das erste Kind von Silke und Jens hieß Ines. Aber das erfuhr die alte Ines nicht mehr. Vielleicht war das so was wie Glück.

Als Baby fast gestorben

Es waren ihre Zähne, die den ersten Eindruck zunichte machten. Gelb wie Strandhafer, die Frontzähne im Oberkiefer merkwürdig kurz, abgerieben und kaputtgeknirscht, so als würden Ober- und Unterkiefer ständig gegeneinander antreten.

„Seid ihr die Deutschen? Ich bin die Tanja."

In ihrer rechten Hand hielt sie ein Cocktailglas. Sie wies damit schwungvoll in Richtung Bar, die milchige Flüssigkeit schwappte über den Rand.

„Der Begrüßungscocktail geht aufs Haus."

Sie leckte die Finger ihrer rechten Hand ab, wobei ihre kleine Zunge zwischen Zeige- und Mittelfinger fuhr, ganz langsam. Sie lächelte dabei.

„Hach, tut das gut, wieder deutsch zu sprechen. Hattet ihr eine gute Reise?"

Sie gab uns ihre klebrige Hand.

Tanja war seit über einem Jahr auf der Insel. Ein Jahr, zwei Monate, eine Woche und drei Tage. In dieser Zeit hatte sie so viele aufgespritzte Oberlippen, perfekte Nasen, glattgezogene Stirnen und identische Brüste gesehen, dass alles das in ihrem Kopf

198

zu einer Art fleischfarbener Riesenwurst angewachsen war.

„Zum Kotzen, Leute", sagte sie.

Das und vieles mehr drücke sie so runter. Das könne man ihr doch wohl nicht verdenken, verdammt noch mal?

Jeden Vormittag und jeden Nachmittag gab sie Aerobic-Stunden an einer geschützten Stelle am hinteren Teil des Strandes. Den befestigten Boden des kleinen quadratischen Platzes hatte jemand mit einem gummiartigen rostbraunen Belag bezogen. Niedrige dunkelgrüne Büsche, die fast das ganze Jahr hindurch winzige weiße Blüten trugen, umgaben das Viereck und brachten die warme Luft darüber zum Duften. Tanja machte Pilates- und Bauch-Beine-Po-Übungen mit Frauen, die viel dünner waren als sie selbst und fast alle aus Frankreich kamen. Aus Frankreich oder aus Genf. Frauen, die das ganze Jahr über ohnehin nichts anderes taten und die Probleme damit hatten, alt zu werden. So wie Tanja. Die Frauen mochten Tanja allenfalls für ihren Körper, der sich nicht besonders gut gehalten hatte. Er sah aus, als ernähre sie sich hauptsächlich von schlechten Kohlehydraten und zuckerhaltigen Getränken. Sie fühlten sich schön neben ihr. Erhaben. Tanja war zu klein für die Masse Fleisch, die sie mit sich herumtrug und ihr in kleinen wabbeligen Pölsterchen um Bauch,

Hüften und Oberarmen hing. Die Frauen gaben ihr allerhöchstens noch zwei Jahre. Dann würde sie ganz aus dem Leim gehen. Sie mochten ihre Art nicht. Sie machten sich über sie lustig, bevor sie sie ganz schnell wieder vergaßen. Diese merkwürdige, aufdringliche, fette Deutsche. Tanja passte tatsächlich nicht zu ihrer Arbeit. Sie passte auch nicht auf diese Insel mit all den reichen Frauen, deren perfekte Nasen Tanja nicht geschenkt hätte haben wollte. Ihr Geld – das hätte sie gerne gehabt. Einen ihrer Männer – egal welchen.

Tanja aß wie ein Schwein. Mit aufgestützten Ellbogen. Mit offenem Mund. Sie sprach beim Essen. Sie nagte an zu vielen gegrillten Hühnerbeinen. Sie lutschte Orangenschnitze aus, raspelte mit ihren winzigen Zähnen über Baconscheiben, trank aus dickwandigen Wassergläsern und nahm dabei beide Hände zu Hilfe.

„Habt ihr euch schon eingelebt?"

Wir versicherten ihr, wie schön es auf der Insel sei und wie wohl wir uns fühlten.

Sie kratzte sich mit zwei fettigen Fingern ihrer rechten Hand auf der Kopfhaut. Sie führte die linke Hand zum Mund und knabberte an der Nagelhaut ihres Zeigefingers. Sie kicherte, während sie sich noch ein Hühnerbein vom übervollen Teller nahm.

„Wie sagt man doch so schön bei uns in Deutschland? So viel wie ich kotzen möchte, könnt' ich gar nicht essen."

Doch, konnte sie.

Als wir das Restaurant verließen und zur Bar schlenderten, zupfte sie mich am Ärmel meines Kleides und zog mich ein wenig beiseite. Sie flüsterte.

„Hab' ich viel gegessen?"

Ich log und frage mich im selben Moment, warum ich es tat.

„Ich wette, ihr zwei seid noch nicht lang zusammen." Sie musterte uns.

„Flitterwochen?"

„Genau", sagte mein Mann. Wir waren nicht verheiratet und schon seit siebzehn Jahren zusammen. Tanja nervte uns.

Juliette hieß der kleine weiße Vogel, der dem einzigen Hotel auf der Insel, der einzigen Behausung überhaupt, zu seinem Logo verholfen hatte. Juliette fand sich auf den hellbraunen Papiertüten der Inselboutique, auf T-Shirts, Briefpapier, Baseballkappen und Wäschebeuteln. Die echte Juliette war eine zutrauliche Strandläuferin, für die zutrauliche Gäste kleine Krabben aus dem Sand buddelten. Abgesehen von zwei sprechenden Graupapageien, von denen das Weibchen die erste Strophe der Marseillaise, das Männchen einen schrillen Handyklingelton nachahmen konnte, war Juliette der einzige Vogel auf der Insel. Juliettes Flügel waren gestutzt worden, genau wie die von Rocket und Frida, die angeblich nach Frida Kahlo benannt war. Dass es auf der Insel nur drei Vögel gab, fiel uns erst nach einigen Tagen auf, obwohl die Insel nicht groß war und sich in einer knappen Viertelstunde zu Fuß umrunden ließ. Die Brandung überdeckte das fehlende Vogelgezwitscher. Als wir endlich hören konnten, wie still es war, empfanden wir Juliettes ständige Rufe nicht mehr als freundliche Begrüßungslaute, sondern als das, was sie tatsächlich waren: ein verzweifelter Versuch, mit einem Artgenossen irgendwo da draußen Kontakt aufzunehmen. Wie traurig das war. Wie grausam.

„Sag mal ehrlich", bat ich Tanja eines Morgens, „Juliette ist doch bestimmt schon Juliette Nummer 5, 6 oder 7. Sobald sie stirbt, wird sie durch einen neuen Strandläufer ersetzt."

Tanja schaute mich fragend an, die Augen zusammengekniffen, die Lippen fest zusammengepresst.

„Sie stirbt jedes Mal an Einsamkeit", versuchte ich es noch mal, „und wird dann ausgetauscht. Stimmt doch, oder?"

Tanja schüttelte den Kopf.

„Genau weiß ich es natürlich nicht, sagte sie. Angeblich ist Juliette aber schon über zehn Jahre alt und die erste und einzige."

202

Sie bohrte ihre knubbligen Zehen in den grobkörnigen Korallensand und überlegte kurz.

„Aber das mit der Einsamkeit kann schon stimmen. Die Einsamkeit hier ist die Hölle."

Da fing ich an, Tanja ein kleines bisschen zu mögen. Wir gingen ihr auch nicht mehr aus dem Weg. Sobald sie uns irgendwo sah, kam sie auf uns zu, fing an zu lachen, kicherte, erzählte irgendetwas oder bemühte ein abgedroschenes Sprichwort. Tanja war wie Juliette. Zutraulich und immer hungrig.

Sie zog sich merkwürdig an. Die Röcke zu kurz und zu bunt, billige Fähnchen mit schlecht verarbeiteten Nähten. All ihre Oberteile waren so eng, dass sie ihre Speckröllchen betonten.

Beim Essen müsse sie furchtbar aufpassen. Ihre Leber sei, wie sie immer wieder sagte, leider nicht ganz in Ordnung.

„Als Baby wäre ich fast gestorben."

Sie nannte uns den Namen ihrer Krankheit. Wir verstanden ihn nicht und fragten auch nicht nach. Wir machten betretene Gesichter.

Was sie alles nicht vertrug:

Alkohol.

Milch.

Quark.

Käse.

Süßes.

„Und Fisch schmeckt mir einfach nicht. Schon beim bloßen Geruch wird mir kotzübel."

Sie schickte Razeen, einen der Kellner, der ihr zum Spaß ein riesiges Stück Thunfisch auf den Teller hatte legen wollen, mit einer wedelnden Handbewegung wieder weg. Tanja verdrehte die Augen.

„How long do you know me?", rief sie ihm hinterher. Was nachsichtig hatte klingen sollen, geriet ihr böse und viel zu laut. Ein paar Gäste drehten sich zu ihr um.

Ab und zu sahen wir Tanja an der Bar sitzen und mit den einheimischen Angestellten schäkern. Es tat weh, ihr dabei zuzusehen. Wie sie sich anbot, war an Plumpheit kaum zu überbieten. Einmal lag sie lang gestreckt auf einem der Tresen, ein anderes Mal hatte sie sich, angetan mit einem ihrer kurzen knallbunten Flatterröckchen, mit gespreizten Beinen auf einen der Barhocker gesetzt, um Ali und Mohammed eine Bauchmuskelübung vorzuführen. Pro Monat bekamen die Männer, die auf der Insel arbeiteten – es gab nur wenige weibliche Angestellte, drei waren es mit Tanja – vier Tage frei, um zu ihren Frauen oder Familien zu fahren. Oft reichte ihr Lohn nicht für die Schiffspassagen oder Flüge zu ihren Heimatinseln und so blieben sie und sparten. War Tanja mit einem oder mehreren von ihnen an der Bar, bekam auch der Netteste, Freundlichste, Jüngste irgendwann

204

einen verschlagenen Gesichtsausdruck. Manchmal tauschten die Männer untereinander Blicke aus. Manche verzogen sich, andere tätschelten Tanja den Hintern. Abfällig oder geil. Dann kreischte Tanja.

Immer wieder war ihr Kreischen zu hören. Es schallte über die kleine Insel und vermischte sich mit dem Geräusch, das entstand, wenn der Wind über die Palmwedel strich, mit dem Rauschen der Wellen. Es störte.

„Darf ich dich mal fragen, wie alt du bist?"

Etwa eine Woche nachdem wir angekommen waren, standen wir uns in der kleinen Inselboutique gegenüber. Tanja hatte mir gerade zu einem zartgrünen Wickelrock geraten und schaute mich neugierig an.

„Neununddreißg, wieso?"

„Dann sind wir ja fast ein Jahrgang."

Sie war begeistert.

„Ich bin '71 geboren!"

Wir hatten sie auf mindestens fünfzehn Jahre älter geschätzt. Eines Abends kam ein Neuer auf die Insel. „Paul", sagte Tanja.

Er stammte aus Réunion, sollte die rechte Hand des Managers werden, war schlank, dunkelhaarig und durchtrainiert. Interessant. Schön. Vor allem seine dunklen, sehr wachen Augen. Beim ersten Dinner auf der Insel trug er eine Brille, eine Brecht-Brille, die ihm nicht stand.

„Do you know Bertolt Brecht? With those glasses you look exactly like him", sagte ich und alle in der Runde musterten ihn und nickten dann. Tanja hatte Paul zu uns an den Tisch gebeten und saß nun neben ihm.

„I thought it was Gandhi", lachte Paul. Er erzählte uns, dass er ungewöhnliche Brillen sammele, seit er vor einigen Jahren in Irland auf genau diese gestoßen sei. Was er denn so gemacht habe, bevor es ihn hierher verschlagen habe, wollte jemand wissen.

„Ich bin zwölf Jahre lang zur See gefahren." Sein Englisch hörte sich weich und sehr französisch an.

Ob er denn in jedem Hafen eine Frau habe? Ob er Kinder habe? Ob er tätowiert sei? Das war Tanja und es ging mit ihr durch.

„Who knows", sagte ein umwerfend lächelnder Paul und dann sagte er nichts mehr. Tanja fing an, ihre üblichen Inselgeschichten zu erzählen, die weniger schönen, die niemand hören wollte. Über einige Muslime, die sich angeblich regelmäßig abends betranken und zuhause ihre Frauen gängelten, über die beengten Unterkünfte, in denen sie hausen mussten, über die Eifersucht unter ihnen und den Neid auf die Gäste, über die schlechten Angewohnheiten des Managers, den sie nicht ausstehen konnte. Über ihre Zukunftspläne.

„In zwei Monaten bin ich hier weg." Sie hoffte es.

Wir waren überrascht. Neugierig. Paul hatte die ganze Zeit höflich zugehört, hin und wieder ein wenig Fisch, ein bisschen Salat gegessen und dabei vollendete Tischmanieren gezeigt. Jetzt tupfte er sich mit einer Serviette die Lippen ab und schob immer noch lächelnd seinen Stuhl zurück. Auf der linken, der von Tanja abgewandten Seite seines Halses war das Om-Zeichen eintätowiert.

Es war das erste und letzte Mal in meinem Leben, dass ich ein solches Hals-Tattoo gesehen habe.

Er war meinem Blick gefolgt.

„I used to teach Yoga in India", flüsterte er mir zu. Er flirtete mit mir.

„Glaubst du, dass er schwul ist?", fragte Tanja. Jetzt schoben auch wir unsere Stühle zurück und folgten Paul in Richtung Bar. Sie hörte sich panisch an, so wie sie es sagte.

„Nie im Leben." Ich war mir sicher.

Aufgewachsen war Tanja zusammen mit ihren beiden Cousinen in Dortmund.

„Sag mir nicht, dass man das noch hört", quietschte sie. Hörte man auch nicht. Ihre Großmutter habe eine Bäckerei gehabt.

„So richtig gutes Schwarzbrot, das fehlt mir hier wirklich."

Dass sie den Manager nicht leiden könne, hänge übrigens mit ihrem Vater zusammen.

207

„Er erinnert mich an den."

Zweimal pro Woche kamen neue Gäste, alte reisten ab. Die Neuen waren am ersten Tag weiß und ein bisschen aufgedunsen von der schlechten Luft im Flugzeug, mit dicken Beinen und Füßen, eingeschüchtert und gleichzeitig urlaubshungrig. Am zweiten Tag waren sie rosarot bis verbrannt bis auf die wenigen Ausnahmen, die sich in Solarien vorgebräunt hatten und auf andere Art krank aussahen. Nur wenige mieden die Sonne.

„How are you?"

Paul kam den Strand entlang. Er schlenderte. Wir beobachteten ihn, wie er mit einigen Hotelgästen plauderte, angespülte Plastikflaschen einsammelte, nachschaute, ob die Aschenbecher, halbe Kokosnussschalen, die mit Bast an den Palmstämmen befestigt worden waren, auch geleert worden waren. Ob Palmwedel die schöne Aussicht aufs Meer störten und entfernt werden mussten. Wir sahen zu, wie er die Arbeit der Leute, die den Strand saubermachen mussten, kontrollierte, und spürten seine gelassene Freundlichkeit, die er bei alldem ausstrahlte, schon von Weitem. Ich spürte sie. Es war Pauls dritter Tag auf der Insel und seine fünfte Runde für heute.

„Believe them", sagte er zu uns gewandt und nickte dabei in Richtung einer der Gärtner, „but don't trust them." Ich mochte ihn sofort nicht mehr. Er meine

208

das überhaupt nicht böse, überhaupt nicht, es entspreche nur einfach seinen Erfahrungen mit den Menschen auf den Inseln.

„I like them", fügte er hinzu. Was er sich hätte sparen können. Er roch merkwürdig.

Er grinste, ein bisschen schief, und ging weiter in Richtung Anlegesteg, den alle nach ein, zwei Tagen auf der Insel nur noch „Jetty" nannten. Paul musste neue Gäste begrüßen.

Alle Neuzugänge bekamen, kaum waren sie unsicher aus dem schaukelnden Schnellboot gestiegen, das sie vom Flughafen zur Insel gebracht hatte, weiße Leinensäcke in die Hände gedrückt. Darin sollten die Schuhe verstaut werden. Es gab nicht nur einen Inselvogel, der nicht abhauen konnte, es gab auch ein Motto: No news, no shoes. Die Gäste hatten keinen Grund zu flüchten. Sie waren am Ziel.

Die vierköpfige Familie, auf die Paul zusteuerte, kannte das alles schon. Michael, Viviane und ihre beiden Kinder besuchten die Insel zum vierten Mal.

„You know what? Für uns is dit hier dit Schönste uff der Welt", schwärmte Michael, der seit über dreißig Jahren in Hongkong lebte, aber eigentlich Berliner war, am Abend in der Bar.

„Dit is real paradise, you know?" Sein real hörte sich wie riel an. Es war unmöglich, ihn nicht auf Anhieb gern zu haben.

„Den müsst ihr unbedingt so schnell wie möglich kennenlernen", hatte Tanja uns gleich zugerufen, als sie Michael und seine Familie den Pier hatte entlangkommen sehen. Dann war sie zu uns gekommen.

„Endlich noch jemand, mit dem ich deutsch reden kann. Darf ich?"

Sie quetschte sich zu mir in die Hängematte und noch bevor ich irgendetwas hätte sagen können, drückte sie ihre nackten Beine an meine.

Sie war vorbeigekommen, weil wir ihr einen alten „Stern" und einen alten „Spiegel" versprochen hatten.

„Sonst krieg ich ja hier gar nichts mehr mit."

Ich fragte sie, wie oft sie Heimweh habe.

„Ich sag's mal so: Ich bin jetzt schon so lange on the road, wie man so schön sagt, dass mir manchmal so das Vertraute fehlt. Eigentlich das, was wir jetzt so haben."

Sie strich sich eine Haarsträhne aus dem Gesicht und klemmte sie hinter ihr linkes Ohr.

„Irgendwas ist halt immer", lachte sie.

„Was meinst du damit?"

„Zuhause war ja auch nicht immer alles bestens, ich meine, nicht dass ich hier so unglücklich wäre. Außerdem wollte ich ja weg. Der Prinz kommt hier allerdings wohl auch eher nicht vorbei."

Ihr Mund lächelte, ihre Augen nicht.

Ich lächelte zurück.

„Und Prinz Paul?"

Sie winkte gequält ab.

„Ach, der." Sie drehte sich einmal kurz nach rechts und einmal kurz nach links.

„Ich dürfte das eigentlich gar nicht erzählen, ehrlich gesagt. Und ich sag's mal so: Jeder soll auf seine Art glücklich werden, wie man so schön sagt. Und das mein' ich auch. Aber dass jemand in der Position schon morgens ein Bier braucht und auf zehn Kilometer gegen den Wind nach Alkohol stinkt, wie es so schön heißt, das geht aber mal gar nicht. Ich meine, bitte, das muss natürlich jeder selbst am besten wissen. Aber du hast mich gefragt."

Ich war bestürzt.

„Du hast uns doch erzählt, dass du bald von hier weg willst. Hast du das eigentlich ernst gemeint?" Ich wollte nicht mehr über Paul reden, den ich am Anfang so nett gefunden hatte.

„Hab ich vor, ja. Bewerben bringt allerdings noch nichts. In der Branche läuft das alles sehr kurzfristig ab. Ich hab mich aber schon mal umgehört. Nach Berlin ins Adlon oder ins Brenners nach Baden-Baden, das wär genau mein Ding. Die haben irre Spa-Bereiche. Das wär' wirklich was für mich, glaub' ich. Auf die Sportschiene hab ich nämlich eigentlich keine Lust mehr. Wie heißt es doch so schön? Öfter mal was Neues!"

Hier eine kleine Liste mit Tanjas Lieblingssprich-wörtern. Sie gebrauchte sie fast jedes Mal zusammen mit „Wie sagt man so schön?" oder „Auf gut Deutsch gesagt".

„Kommt Zeit, kommt Rat."

„Man soll den Tag nicht vor dem Abend loben."

„Gut Ding will Weile haben."

Außerdem sprach sie nahezu perfektes Züritüütsch.

„Wèèr bisch, wohèèr chunsch? Esoo fröögisch di sälber."

Wir saßen beim Abendessen und staunten.

„Meine Mutter lebt jetzt in der Schweiz. In der Nähe von Zürich."

„Wir kennen die Gegend ein bisschen", sagte ich und dachte an grüne hügelige Wiesen, an Rösti, Brat-wurst und Rivella blau.

„Wo denn genau?" Mein Freund gab sich Mühe. Ihm tat sie auch leid.

„In Oberembrach. Das ist aber am Arsch der Welt, auf gut Deutsch gesagt."

Sie lachte, bis Paul zu uns an den Tisch trat.

„Do you mind my sitting here?"

„Not at all", log ich und deutete auf den freien Stuhl neben mir. Tanja schwieg während des gesam-ten Essens. Es war kaum auszuhalten.

Die Tage verflossen zäh und doch zu schnell. Wir wurden matt und immer zufriedener. Das Leben auf der Insel lullte uns ein und machte uns verletzlicher für die Zeit danach. Tanja lachte genauso häufig wie sonst auch, aber irgendetwas war anders. Ob es an Paul lag? Ich fragte sie nicht. Warum nicht? Keine Ahnung.

In den nächsten Tagen kam sie zwar immer mal wieder zu uns, aber sie war distanzierter als zuvor. Einmal sagte sie, nachdem wir ihr mal wieder von der Schönheit der Insel vorgeschwärmt hatten, dass sie viel mehr Lust auf die Schweiz und die Berge hätte. Der blaue Himmel, die ewig blassen Wolken-fetzen, das türkisfarbene Meer – all das langweile sie.

„You know what?"

Hongkong-Michael wandte sich an einem der Abende, als die Sonne gerade glutrot untergegangen war und den Himmel am Horizont in ein kräftiges Neonorange getaucht hatte, ihr zu. Dabei strich er väterlich über die kleinen Finger und die abgekauten Nägel ihrer rechten Hand.

„You are lost in paradise. Sets watt ju ar."

Am nächsten Mittag machten wir uns mit dem Kanu zur Ile du Soleil Levante auf. Es herrschte Ebbe und man hätte genauso gut zu Fuß durchs warme Wasser waten können, aber das Paddeln gab uns das Gefühl, wenigstens ein bisschen Sport zu machen und nicht ganz einzurosten bei all dem Faulsein,

Rumlümmeln, Dickwerden. Tanja stand mit der Barbecue-Mannschaft am Strand und winkte uns zu.

„Chömed zum Schwätze, Lache, Ässe und Trinke mitenand!"

Es duftete nach gegrilltem Fisch, nach geröstetem Brot und Schärfe. Ich bekam Hunger, obwohl ich vom Frühstück noch pappsatt war.

„Wie hältst du das nur aus?", fragte ich sie lachend, „hier wimmelt es von Fischen."

„Wie sagt man so schön? Was einen nicht umbringt, härtet einen ab."

Hongkong-Michael und seine Familie waren schon da. Sie standen ein wenig abseits an einer der Inselschaukeln aus Holz und beobachteten, wie ihr Kleinster zaghaft vor- und zurückschwang. Wir gingen durch den heißen Sand auf sie zu und mit ihnen in den Schatten unter den Palmen. Michael zog gerade am iPod-Hörer seines Ältesten.

„Hörst du schon wieder diese Green Beans oder wie die heißen?" Er schrie ihm ins Ohr. Sein Sohn zog einen Flunsch. Michael zwinkerte mir zu und flüsterte, dass er natürlich ganz genau wisse, dass Nicos Lieblingsband die Black Eyed Peas sind, aber er müsse seiner Rolle als etwas dämliches und altmodisches Familienoberhaupt nun mal gerecht werden. Ich bin froh, dass wir keine Kinder haben. Meistens.

Wie immer gab es Fruchtpunsch und geröstetes Toastbrot mit scharfer Chilipaste zur Begrüßung. Ein paar Franzosen kamen als Letzte und zu spät. Wir standen beisammen, tranken und sprachen über das Wetter und die Nachbarinsel, den Schnorchelausflug am Vormittag und die große Schildkröte, die alle gesehen und ergriffen betrachtet hatten. Tanja saß am großen Gemeinschaftstisch und hatte schon zu essen angefangen, als wir anderen zu ihr stießen. Sie schüttete gerade Ketchup aus der Flasche über ihren Reis und sagte mit vollem Mund:

„Man wird erfinderisch hier, was das Essen anbelangt."

Für alle anderen gab es frischen Thunfisch, eingelegt in ein Öl aus Knoblauch, Chili und Tabasco, dazu Reis und verschiedene Salate. Alle außer Tanja reichten Glaskaraffen mit Wasser weiter, schoben sich gegenseitig die Platten zu und die Körbe voller Brot.

„Ich kann Fisch noch nicht mal riechen, ohne dass mir speiübel wird."

Tanja erzählte den neuen Gästen, was sie noch nicht wussten, auf Französisch. „Cela donne la naussé", sagte sie zu „speiübel" und steckte sich anschließend den Finger in den Hals. Ein kleines französisches Mädchen kicherte und erntete von ihrer Mutter den bösen Blick, der eigentlich für Tanja gedacht gewesen

215

war. Die anderen schwiegen betreten, einige, auch Michael, versuchten es mit einem höflichen Lächeln. Ali verzog keine Miene und platzierte weiterhin große Thunfischstücke auf den Tellern, die die Gäste ihm entgegenhielten. Tanja bemerkte von alldem nichts und redete mit vollem Mund auf mich ein. Von der Verlogenheit fundamentalistischer Religionsführer, von der Schlechtigkeit der Männer überhaupt und besonders derer, die ihre Frauen nur verschleiert mit nach draußen nähmen, ansonsten aber jedem Bikini hinterherglotzten. In diesem Moment fiel Adrian, Hongkong-Michaels kleiner Sohn, von der Holzbank, auf der wir alle saßen, hintenüber in den Sand und heulte erschrocken auf. Michael hob ihn behutsam auf, setzte ihn neben sich und klopfte ihm ein paar Mal den Rücken.

„No weining", sagte er, „sär is no rieson."

Adrian hörte nicht auf zu weinen und alle außer Tanja schauten ihn mitleidig an. Er war so süß. So hübsch. Seine Mutter legte ihr Besteck beiseite und trug ihn hinüber zur Schaukel.

Tanja hatte die ganze Zeit weitergeredet. Es tat körperlich weh.

„Es ist auch nicht so einfach, allen anderen Mitarbeitern hier intellektuell, na ja, überlegen zu sein."

Sie seufzte und nahm sich zum dritten Mal vom Krautsalat.

216

„Ein Dummer", kaute sie, „war Hitler jedenfalls auch nicht."

Da stand ich auf und ging weg. Mein Freund nickte Michael und seiner Familie zu und kam mir nach.

In der Mittagssonne war es so heiß, als würde einem mit einem Bunsenbrenner die Kopfhaut versengt. Mir war übel.

Später konnten alle, die am Strand auf der Westseite der Hauptinsel lagen, Tanja mit dem einzigen Fahrrad der Insel den Pier entlangfahren sehen. Sie strampelte mit ihren Beinen, als würde sie für irgendwas Anlauf nehmen, und spreizte sie dann zur Seite. Ihr knallgelber Rock bauschte sich nach oben. Sie jauchzte laut. Sie wusste, dass sie Publikum hatte. Ich sah es ihr an. Am Ende des Piers fuhr sie gefährlich ausladende Schlangenlinien und blieb dann plötzlich stehen. Das Schnellboot fuhr in einer lang gezogenen Linkskurve auf die Insel zu. Tanja stieg ab und winkte den neuen Gästen.

Zum „Italienischen Abend" erschien sie in einem grün-weiß-roten Minikleid mit Riesenausschnitt.

„Ich setz mich gleich wieder zu euch, wenn ich darf", rief sie uns vom Buffet aus zu. Sie bediente sich an einer großen Platte mit Rosmarinhühnchen. Alle an unserem Tisch, auch wir, hatten mit dem Essenholen noch gewartet und auch an keinem der anderen Tische war jemand aufgestanden.

„Eigentlich kann ich kein Hühnchen mehr sehen." Sie schnaubte, als sie sich setzte.

„Sagt bloß, ihr habt auf mich gewartet", fragte sie und biss ein Stück Fleisch von einem der Schlegel.

Wir schoben die Stühle nach hinten und stellten uns in die Schlange, die sich mittlerweile am Vorspeisenbuffet gebildet hatte.

Von ihren Eltern erzählte sie uns später, ziemlich ausführlich, in einer Mischung aus Stolz, Wut und Verachtung.

„Mein Vater hat mal zu mir gesagt: Du bist eine ökonomische Fehlinvestition, nicht mehr und nicht weniger."

Ihre Mutter habe sich und sie, kaum auf der Welt, ganz alleine durchbringen müssen, weil „vom Alten" nur noch kleine oder gar keine Schecks mehr gekommen seien.

„Abi, Studium, Arbeit – alles trotz meiner Wenigkeit. Meine Mutter war eine Powerfrau. Und ist es immer noch."

Tanja versuchte, mit dem Fingernagel eine Fleischfaser zwischen ihren Schneidezähnen vorzupulen. Sie zog die Oberlippe dabei hoch.

„Weg?", fragte sie mich.

Ich nickte.

Zu Razeen gewandt rief sie: „Could you bring me some apples for dessert, please?"

218

Und ob wir uns anschließend alle noch auf einen Drink in der Bar treffen wollten?

Wir waren zu müde vom Nichtstun den ganzen Tag über und ihre Einladung erschien uns so unverbindlich, dass wir beschlossen, gleich ins Bett zu gehen.

Auf dem Rückweg zum Bungalow sahen wir Juliette unter dem Schreibtisch der offenen Rezeption schlafen. Sie hatte die Beine in einem merkwürdigen Winkel abgeknickt, so als seien ihre Kniegelenke gebeugt und ihre Unterschenkel zur falschen Seite hin abgelegt. Ihr schönes Köpfchen war geneigt, der Schnabel steckte im Gefieder.

Der nächste Morgen war strahlend schön wie immer, der Himmel klar und knallblau. Tanja war nicht mehr da. Sie erschien weder zu den anberaumten Aerobicstunden noch zum Frühstück. Paul lief über die Insel und rief laut nach ihr. Er klopfte noch vor dem Frühstück an unsere Tür und bat uns, ihm zu helfen.

Ihr Zimmer sah aus, als ob sie es überstürzt verlassen hätte. Kleider lagen in kleinen Haufen auf dem Boden, dazwischen zerfledderte Taschenbücher, leere Wasserflaschen aus Plastik, unser alter „Stern" aufgeschlagen auf der Seite mit dem Eisbären „Knut" im Halbstarkenalter. Dass sie kein bisschen Ordnung halten konnte, hatte sie uns einmal, kichernd wie immer, erzählt, als wir uns übers Wohnen unterhalten hatten und darüber, wie wichtig es sei, irgendwo ankommen zu können, wo man es sich behaglich gemacht hatte. Über ihrem Bett war ein Foto mit vier Tesastreifen an die Wand geklebt. Es war ausgebleicht, gelbstichig und zeigte Tanja Arm in Arm mit einer lachenden älteren Frau, im Hintergrund grüne Wiesen und hohe Berge.

Es roch gut in Tanjas Zimmer, nach einer Mischung aus Sonnencreme, Jasmin und etwas sehr Süßem. Auf einem umgestülpten Pappkarton in einer Ecke saß ein Plüschaffe. Ganz eingestaubt. Kinderbettwäsche aus Frottee, bedruckt mit rot-grünen Blumen und Fröschen, lag zusammendrückt am Kopfende des schmalen Bettes. Auf einem Hocker, der als Nachttisch danebenstand, lagen mehrere Schachteln mit verschiedenen Medikamenten, ein Döschen „Neurexan" war umgekippt, mehrere Tabletten waren vom Stuhl auf den Boden gekullert. Im Badezimmer, das sich Tanja mit einer Kollegin aus dem Sportteam teilte, erkannte ich einige ihrer Ketten und großen Ohrringe wieder. Sie hingen an Stecknadeln neben dem Spiegel, der in der Mitte gesprungen war und mein Gesicht zerschnitten wiedergab. Verschoben.

Nach ein paar Tagen hielt ein Polizeiboot am Jetty. Zwei junge Polizisten stellten den ganzen Tag Fragen und füllten Formulare aus. Jemand hatte einen Bikini am Strand gefunden. Keiner wusste, wem er gehörte. Ob Tanja eine gute Schwimmerin gewesen sei? Das wusste auch niemand zu sagen. Kein Mensch hatte sie je im Wasser gesehen.

Eine seltsame Lähmung kam über die Insel, ein Auf-der-Hut-Sein vor was auch immer. Einen Tag vor unserer Abreise kippte dieser Zustand und machte einer aufgedrehten Stimmung Platz, die ebenso unpassend wie hilflos war. Die Sonne kam uns gnadenlos vor.

Es war Hongkong-Michael, der die Postkarte fand. Auf der Suche nach einem Fußball für Adrian schaute er auch in der Kammer nach, in der Tanja ihre Matten und Bänder, ihren Kassettenrekorder, Handtücher und Hanteln verstaut hatte. Die Karte klemmte gut sichtbar zwischen zwei Schranktüren, in deren Nähe nachzuschauen sich niemand die Mühe gemacht hatte. Es war eine der Postkarten aus der Inselboutique, auf der Vorderseite Juliette, aufgenommen auf der Ostseite der Insel in einem letzten Rest Abendsonne. Es stand auf der Rückseite in Kleinmädchenschrift und mit zu großen Kringeln als I-Punkte:

„Besser spät als nie! Sagt meiner Mutter, wir sehen uns im Himmel. Ich hab sie lieb. Macht ihr das? Bleibt sauber!! TANJA"

Ich war diejenige, die ihre Mutter in der Schweiz anrief. Alt und geistig verwirrt, wie sie war, verstand sie nicht. Sie dachte, ich sei Tanja, und freute sich. Wann ich denn endlich heimkäme? Und ob ich an die Muscheln gedacht hätte? An die Paradiesmuscheln, die schönen?

Autark

Mein Name ist Cornelius Autark. Ich bin ein Produkt meiner Mutter. Ich habe eine Liste mit allem aufgeschrieben, was ich an ihr hasse. In Stichworten. Die Liste ist ziemlich lang. Ich lese sie vor, ja? Soll ich? Und ich sage vielleicht noch jeweils was dazu, okay?

Ich hasse, wie sie riecht. Und ich hasse ihr Parfüm, das ihren Geruch nicht überdecken kann. Sie benutzt Opium von Yves Saint Laurent. Ich hasse es mitanzusehen, wie sie ihr Parfüm aufträgt. Morgens. Oder am Abend. Wie sie dabei ihren Hals neigt. So zur Seite und schräg nach oben. Ich hasse ihren Hals. Ihre Haut dort. Ihre Haut überall.

Ich hasse die Geräusche, die sie beim Schlafen macht. Ihren Atem. Wenn wir in Urlaub fahren, teilen wir uns ein Doppelzimmer. Ich hasse die Urlaube mit ihr. Über Silvester waren wir auf einem Schiff in der Karibik. Schiffskabinen sind noch kleiner als kleine Hotelzimmer. Ich hasse kleine Hotelzimmer. Ich hasse Schiffskabinen. Während dieser Reise hat sie mich den anderen so vorgestellt: „Das ist mein Sohn Cornelius. Er ist mittlerweile völlig autark." Seitdem haben mich alle nur noch so genannt: Cornelius Autark. Was für ein spaßiges Späßchen. In Wirklichkeit heiße ich Cornelius Mattern. Mattern ist der Mädchenname meiner Mutter. Ich hasse den Mädchennamen meiner Mutter.

Ich hasse ihre Art zu lächeln. Ich hasse ihr Telefonlachen. Ich hasse, was sie mir zu meinem einundzwanzigsten Geburtstag geschenkt hat: einen Dachshaarrasierpinsel. Ich hasse ihren Mund. Ich hasse sie, weil sie meinen Vater vor die Tür gesetzt hat. Mit Koffer und allem. So wie im Film. Ich hasse sie, weil sie mich dabei hat zusehen lassen. Und weil ich erst fünf war. Ich hasse sie, weil sie nie über ihn spricht. Weil sie mir verboten hat, dass ich über ihn spreche. Dass ich nach ihm frage. Seinen Namen ausspreche: ROLF. Er hieß ROLF.

Ich hasse es, wie einsam sie ist. Wie sehr sie sich Fremden an den Hals wirft. Wie sehr sie auf der Suche nach Freunden ist. Ihre Übergriffe. Ich hasse, wie sie sich aufdrängt. Ich hasse, wie sie „Sooohnemann" sagt, „Conny", „hoppla" und „ach". „Ach, wirklich" hasse ich am allermeisten. Ich hasse, was sie trägt. Ihre Kleidung. Dunkelblaue Blazer, Hermès-Tücher, Tod's-Schuhe. So was alles. Ich hasse, wie sie mich anschaut, wenn sie zu wissen glaubt, was ich gerade denke. Ich hasse es, dass sie immer

224

glaubt, dass sie weiß, was ich gerade denke. Ich hasse ihre Vermessenheit. Gott, wie dumm sie ist. Gefährlich dumm. „Ach". Ich hasse es, wie sie in Zeitschriften blättert. Wie sie ihren rechten Zeigefinger zum Mund führt, kurz damit ihre Zunge antippt und dann umblättert. Ich hasse, wie sie isst. Wie bewusst sie kaut. Ich hasse ihr Mümmeln. Wie sie ihre kleinen Portionen auf dem Teller hin- und herschiebt. Dass sie sich nie ein zweites Mal nimmt. Dass rotes Fleisch zuhause verboten ist. Rotes Fleisch und Butter und Schokolade mit einem Kakaoanteil unter siebzig Prozent. Ich hasse ihre Regeln: nur zweimal die Woche Fernsehen. Einmal Tatort, einmal „such dir was aus, Sooohnemann". Keine Zwischenmahlzeiten. Wir waschen uns die Hände vor dem Essen. Wir gehen nicht ans Telefon, während wir essen. Das ist leicht. Unser Telefon klingelt so gut wie nie.

Wir tragen Hausschuhe. Weil wir zuHAUSE sind. Wir gebrauchen keine bösen Worte. Böse Worte sind: Scheiße, Kacke, Arsch, Arschloch. Streng verboten. Bei „Wichser" oder „ficken" würde sie unter Garantie tot umfallen. Was wunderschön wäre. Ich hasse, wie sie Eier isst. Wie sie Eier köpft.

Wo war ich?

Regel Nummer wasweißdennich: Wir nehmen zwei Blatt Klopapier pro Wischen. Wir imprägnieren Schuhe. Mehrfach. Wir schreiben Geburtstags- UND

225

Weihnachtskarten an ALLE, die wir kennen. Wir verwenden Einkaufstaschen aus Stoff. Wir trennen Müll. Wir sind freundlich und hilfsbereit. Wir haben für jeden ein nettes Wort – auch für den Hilfsgärtner, der immer auf ihre Rosen pisst. Ich hasse es, sie „Mutter" nennen zu müssen. Auch so eine verfickte abgewichste Scheiße-Kacke-Arsch-Arschloch-Regel.

Wir töten keine Bienen und auch keine Fliegen. Auch keine Spinnen. Vor denen ich mich ekle. Wir nehmen ein Wasserglas und ein Stück Papier und schenken kleinen bemitleidenswerten Lebewesen die Freiheit. Wir glotzen nicht. Nicht auf Brüste, nicht auf Behinderte, nicht auf Unfallfahrzeuge oder Menschen, die sich anschreien. WIR schreien einander nicht an. Nie. Wir geben Bettlern Fünfzig-Cent-Stücke. Vorausgesetzt, die Bettler sehen nicht nach Ostblock oder Mafia aus. Mutter bestimmt, wer wie aussieht. Wir bemühen uns redlich zu sein. Es ist unsere Menschenpflicht redlich zu sein. MENSCHENPFLICHT. Kommt gleich nach „ach, wirklich".

Ich kann noch weiterlesen. Es geht noch weiter. Soll ich oder soll ich nicht?

Gut, dann nicht.

Geleit für den Doofen

Jemand stand auf der Brücke, die über die Autobahn führte, und winkte. Der Mann im schwarzen BMW-Cabrio lächelte, strich dabei der Frau auf dem Beifahrersitz mit zwei Fingern über die Wange, deutete dann auf den Mann auf der Brücke und sagte: „Schau mal, so sind sie, die Pfälzer: stehen noch auf Brücken und winken." Die Frau winkte zurück.

Der Fahrer mit Schildmütze im roten Opel Astra bemerkte den Mann auf der Brücke gar nicht. Die Kinder im grünen Mercedes streckten ihm ihre Zungen raus, die Frau im blauen Golf gähnte, der Fahrer der Spedition Friedmann hupte zweimal, und der Mann im dunkelgrünen Tanklastzug, der gerade zum Überholen angesetzt hatte, hupte aus Gewohnheit mit. In einem Auto aus Ludwigshafen betätigte jemand die Lichthupe, ein Schweizer bohrte in der Nase.

Um zu winken musste der Mann auf der Brücke seinen rechten Arm kaum bewegen. Beide Arme hielt er vor der Brust verschränkt, winkelte, sobald ein Auto nah genug war, nur die rechte Hand ein wenig ab und machte dabei mit leicht gekrümmten Fingern eine Drehbewegung, so als wollte er eine Glühbirne in eine Fassung drehen.

Der Mann auf der Brücke hieß Hans Lechner. Nie schaute er beim Winken Richtung Mainz, sondern immer Richtung Karlsruhe. Den Leuten, die regelmäßig auf der A 65 unterwegs waren, hatte sich seine untersetzte Gestalt auf der Brücke ebenso eingeprägt wie das, was jemand auf den rechten Pfeiler der Brücke gesprüht hatte: „Natalie, ich liebe Dich trotzdem!" In Rosa. Es ist gut möglich, dass Natalie auch „Rehlein" war. „Rehlein, ich liebe Dich", stand nur knapp vier Kilometer weiter auf einem alten Schuppen, der mitten in einem Kartoffelacker den Witterungen trotzte. „Rehlein" war auch rosa.

Hans Lechner kannte beide Botschaften nicht. Sie hätten ihm bestimmt sehr gefallen. Aber von seinem Platz am blauen Brückengeländer aus war der Pfeiler gar nicht zu sehen, und weiter als bis in den Nachbarort war er nie gekommen.

Hans winkte bei jedem Wetter, auch wenn es in Strömen regnete, bei sengender Hitze oder im Schneetreiben. Wie viele Autos fuhren, war ihm nicht so wichtig. Die Hauptsache war, er war da.

Im Februar war er einundvierzig Jahre alt geworden und wusste eine Menge. Beispielsweise, dass man Bohnen und Erbsen am besten im Juni säte, wer August

Everding war (genauso hatte er sich seinen Vater immer vorgestellt), dass Schubert im Jahr 1828 verstorben war, er wusste, was „Lassi" war und was bei Gingivitis half, er wusste, was „monovalent" bedeutete und wie man „Hypostylon" buchstabierte, er konnte zwei Gedichte von Hölderlin aufsagen und hatte Hesses „Kinderseele" gelesen. Das meiste, was er wusste, hatte er aus den Zeitschriften, die seine Mutter immer durchblätterte. Seine Mutter hieß Lina. Sie bekam die alten zerfledderten Hefte von der Nachbarin, die sie ihrerseits von der Schwägerin bezog. Deshalb wusste Hans auch so gut über die deutschen Fürstenhäuser Bescheid und beim europäischen Hochadel, er kannte die Wohnzimmer vieler Prominenter und die Schicksale zahlloser Herz-, Aids- und Krebskranker, er wusste, wie man in fünf Tagen fünf Kilo abnehmen und was man „Köstliches aus Avocados" zaubern konnte. Hans war ein Sammler. Was er abends am Küchentisch las und besonders interessant fand, schrieb er in Stichworten in die Rechenhefte, die seine Mutter ihm besorgte. Als sie später seine Sachen durchsah, entdeckte sie, dass im Lauf der Jahre hundertsieben dieser Hefte zusammengekommen waren, gefüllt mit seiner kleinen engen Schrift, und dass er sie alle, nach Jahreszahlen geordnet, unter seinem Bett verstaut hatte.

Auf dem Holzbrett über seinem Bett stand, neben Hesses „Kinderseele", eine kleine grün gebundene Ausgabe des Neuen Testaments. Beide Bücher hatte ihm der neue Pfarrer geschenkt, als er, nachdem er von Haustür zu Haustür gegangen war, um sich vorzustellen, noch einmal bei Lechners vorbeigekommen war.

„Für ihren Hans", hatte er zu Lina Lechner gesagt, und sie hatte ihn nicht hereingebeten und sich auch nicht bedankt. „Ich geb's ihm", hatte sie gebrummt, war zurückgetreten und hatte die Tür zugemacht.

Neben den Büchern verstaubte ein Maiglöckchenstrauß aus Plastik in einem alten Senfglas, ein winziger Spiegel lag da und ein kleiner gelber Igel aus Gummi, einer, mit dem junge Hunde spielen und den sie zum Quietschen bringen, wenn sie draufbeißen. Den hatte Hans einmal auf der Straße gefunden und mit nach Hause gebracht.

Wenn Hans daheim war, dann saß er fast immer am Küchentisch. Erstens um zu essen, zweitens um zu lesen. Oft machte er beides gleichzeitig. Er konnte eine Menge vertragen und es gab nichts, was er nicht mochte. Seine Mutter beschimpfte ihn manchmal: Dass er anscheinend nie satt wurde, egal wie viel sie für ihn gekocht hatte, und dass er zu nichts nütze sei. Dabei tat sie selbst fast nichts außer Kochen, den kleinen Haushalt versorgen und mit spuckenassem

230

Zeigefinger Heftchenseiten umblättern. Sie schaute nur, sie las nicht und sie wurde von Jahr zu Jahr dicker. Sie hatte Hans' Vater nie verzeihen können, dass er, als Hans gerade zehn geworden war, ganz plötzlich an einem Herzinfarkt gestorben war.

Hans war ihr ja nie eine richtige Stütze gewesen, nicht mal, als er endlich groß war. Er ging ja immer nur weg um zu winken.

Manche Leute im Ort schärften ihren Kindern ein, dass sie auf keinen Fall mit dem Doofen sprechen durften und ihm in jedem Fall aus dem Weg gehen sollten. „Man weiß ja nie", sagten sie, denn sie konnten sich gut vorstellen, wie Hans Lechner kleine Mädchen ins Gebüsch zog oder Jungs befingerte. Die Leute hatten ja keine Ahnung. Nur gut, dass Hans davon nichts wusste. Es hätte ihm das Herz gebrochen vor Scham.

Was den Leuten an Hans so merkwürdig vorkam und ihnen Angst machte, war unter anderem seine plumpe Gestalt, waren seine kleinen Äuglein und die komische Art, wie er ging. Er hielt seinen Oberkörper immer leicht nach hinten gebeugt, so als schaue er an den anderen hoch oder knapp über ihre Köpfe hinweg, als versuche er die Größe zu ermessen, von Häusern, Bäumen, Plakatwänden, Telefonhäuschen, Garagentoren und Kruzifixen. Er hielt dabei

231

die Hände hinter seinem Rücken verschränkt und bewegte sich so langsam, dass selbst die Nachbarin, die Parkinson hatte und nur in vorsichtigen Trippelschritten vorwärts kam, ihn spielend einholen konnte. Hans ging, als hätte er kein Ziel und alle Zeit der Welt und er hätte damit auch immer so weitergemacht, erst recht wenn er gewusst hätte, dass seine Zeit bald abgelaufen war.

Hans lächelte immer. Die wenigsten Leute hatten ihn jemals sprechen hören, und das war gut so. Es hätte sie womöglich noch gemeiner gemacht. Hans hatte eine eigenartige Fistelstimme, die zudem so leise war, dass seine Mutter schon gar nicht mehr hinhörte, wenn er etwas sagte. Sie war das ständige „Was?" oder „Wie?" irgendwann leid gewesen. Er sprach ohnehin sehr wenig, er winkte viel lieber. Außerdem, fand er, sei das Wesentliche schon längst gesagt. Das hatte er auch mal irgendwo gelesen. Ein Zitat war das. Ein halbes. Und es hatte ihm sehr gut gefallen.

Wenn Hans auf der Brücke stand, stellte er sich manchmal vor, wie es wäre, mitzufahren nach MZ, LU oder WI. Er stellte es sich sehr schön vor. Einmal hatte im Briefkasten ein Faltprospekt gelegen: „Der Weidenhof im schönen Münsterland – einmalig auf der ganzen Welt". Unter der fett gedruckten

Überschrift sah man einen Bauern, der seinen rechten Arm um ein riesiges Rind gelegt hatte, ein kleines Mädchen, das ein Zicklein streichelte, eine altmodische Maschine, die laut Bildunterschrift zum Kohlen-, Dampf- und Drehmaschinenmuseum gehörte, und eine unscharfe Luftaufnahme des Weidenhofes, an den ein gewaltiger Busbahnhof grenzte. Wer mitfuhr bei der „schönen Tagesfahrt mit Werbeverkaufsveranstaltung (Teilnahme freigestellt)", bekam als Dankeschön ein „Schlemmerpaket", hausgemachte Schinkenwurst, Bratwurst, Jagdwurst, gekochtes Bauernmett, Schwartenmagen, Blutwurst, Leberwurst und Streichmettwurst. „Wichtig", stand unter dem Text des Faltblatts: „Vor Antritt der Fahrt so wenig wie möglich essen. Denn durch die Riesenmahlzeiten nach bäuerlicher Art (preiswert und gut) ist der Weidenhof bekannt im ganzen deutschen Vaterland." Seitdem Hans das alles gelesen hatte, wollte er unbedingt zum Weidenhof. Er hatte das Faltblatt gleich seiner Mutter gezeigt, aber die hatte gar nicht richtig hingesehen. Er hatte sich sogar kurz überlegt, ob er bei dieser „herrlichen Busfahrt" nicht alleine mitfahren sollte, aber da war ihm eingefallen, dass an diesem Tag, es war der 25. Juni, dann niemand auf der Brücke stehen würde um zu winken, wenn er nicht da war.

Er hatte den Prospekt auseinandergefaltet und ihn mit Isolierband, Reißzwecken fand er nicht, an die

Wand über sein Bett geklebt, sodass man den Bauern mit dem großen Rind sehen konnte, und da hing er auch jetzt noch, ausgebleicht und wellig. Allen Bussen, die Hans am 25. Juni näherkommen sah, winkte er besonders heftig zu. Er bewegte sogar seinen rechten Arm dabei.

„Es ist ein Segen, dass er lesen und schreiben kann", sagte die Nachbarin während einer ihrer seltenen Besuche bei Lina. Dabei sah sie Hans zu, wie er in eines seiner Hefte schrieb.

Die Mutter seufzte. Aber eine Strafe sei es mit ihm halt doch. Dachte sie. Und wenn sie einmal nicht mehr da wäre, hätte er gar niemanden mehr.

„Auf seine Art", sagte der Pfarrer, als alles schon vorbei und ganz anders gekommen war, „ist Hans Lechner ein glücklicher Mensch gewesen." Das war, als längst kein Krümel Kuchen mehr übrig war, die Platten leergegessen auf dem Küchentisch standen und Lina Lechner auf der Eckbank saß und vor sich hinstarrte. „Vielleicht", fügte der Pfarrer noch hinzu, „ist es ja besser so." Die Nachbarin hatte das auch gesagt.

Hans war zur Brücke gegangen wie an jedem Morgen. Er hatte die Leberwurstbrote eingesteckt, die seine Mutter ihm nach dem Frühstück geschmiert

234

hatte, drei Flaschen Malzbier mit in die Tasche gepackt und war losgegangen, langsam, den Oberkörper leicht nach hinten gebeugt. Die große blaue Tasche, die er an einem Riemen vorne um den Hals trug, lag auf seinem dicken Bauch. Es war schwül, obwohl es noch nicht mal zehn war. An der alten Linde vor dem Rathaus begegneten ihm drei kleine Mädchen mit Schulranzen, die kicherten, als er ihnen zuwinkte. Die Leute, die bei der Metzgerei Kunz Schlange standen, schauten ihm durch die große Glasscheibe nach, eine Frau in der Hauptstraße machte die Betten und schüttelte Kopfkissen aus, als er vorbeilief. Auf dem Radweg neben der Schnellstraße begegnete ihm bis zur Brücke niemand mehr. Eine Frau in einem roten Golf aus MA winkte als Erste zurück.

Auf der Brücke fuhren niemals Autos, sie war nur für Fußgänger und Fahrradfahrer. Hans hatte schon eine Ewigkeit das Gefühl gehabt, dass es seine Brücke war.

Die Tasche hatte er vor sich hingestellt und eines der Leberwurstbrote gleich aufgegessen.

Manchmal fuhren die Autos so schnell unter der Brücke durch, dass Hans nicht mal erkennen konnte, woher sie kamen – dabei durfte man eigentlich nur hundertdreißig fahren. Oder sie fuhren nicht genau

235

auf ihrer Seite der Straße, sondern über den gestrichelten Streifen dazwischen. Ab und zu konnte Hans sogar Musik hören oder kleine Fetzen von dem, was aus den Lautsprechern dröhnte und „Wummz, Wummz" machte. Es kam auch vor, dass Autofahrer Hans' blaue Tasche für ein Geschwindigkeitsmessgerät hielten und abbremsten. Immer dann, wenn Hans für einige Augenblicke hinter dem einzigen großen Baum verschwand, der an der Straße zur Brücke wuchs.

Am Abend zuvor hatte Hans viele interessante Dinge in sein Rechenheft geschrieben. Beispielsweise, dass ein Inder den Weltrekord im Fingernagellangwachsenlassen geschafft hatte: Der Nagel seines linken kleinen Fingers maß genau 4,21 Meter. Er ringelte sich um sich selbst, sah eklig aus und störte bestimmt furchtbar. Mit dieser Hand konnte der Inder garantiert nicht winken. Dann hatte er gelesen, dass ein Mann aus Wales schon seit acht Jahren mit einer Spenderlunge lebte und dass das an ein Wunder grenzte; er hatte notiert, dass die Städte Barstow und Victorville etwa auf halber Strecke zwischen Los Angeles und Las Vegas liegen und dass Prinz William zum ersten Mal verliebt war. Außerdem erfuhr er, dass Löwenzahn gut fürs Blut sei. Das Rechenheft war schon wieder fast voll.

Er aß das zweite Brot, trank dazu sein erstes Malzbier und schaute auf die Autobahn hinunter. Natürlich hatte er so seine Lieblinge. Laster zum Beispiel, denn deren Fahrer winkten am häufigsten zurück. Er mochte es, wenn er auf den Schildern in den Führerhäuschen die Namen der Fahrer ablesen konnte: Otto oder Werner oder Charly oder Manfred. Über Busse mit Kindern freute sich Hans auch immer sehr. Nach denen drehte er sich manchmal sogar um, weil er wusste, dass auf der hintersten Bank fast immer Kinder saßen, die wild mit den Armen fuchtelten oder Faxen machten.

Hans schaute auf seine Armbanduhr, eine Kinderuhr mit Blümchen und Herzchen. Er sah, dass es schon gleich halb zwölf war, und wickelte sein letztes Brot aus. Dann würde er wieder Hunger haben, wenn die Mutter in einer Stunde das Essen auf den Tisch stellte.

Das Letzte, was Hans sah, wie er so dastand, die Arme vor der Brust verschränkt, schwitzend, weil es so heiß war, und mit einem unbeschreiblich guten Leberwurstbrotgeschmack im Mund, war ein hellblauer Tanklastzug. „Aral" konnte er noch lesen, dann kippte er nach hinten um.

Die Autofahrer, die unter der Brücke durchfuhren, traten auf die Bremse, weil sie die einsame blaue

Tasche für eine Schikane der Polizei hielten. Von Hans sah man nicht einmal die Schuhe.

Als Lina Lechner um Viertel vor eins keuchend zur Brücke kam, war Hans schon tot.

„Hirnschlag", vermutete der junge Notarzt eine Stunde später. „Da hätten wir aber wahrscheinlich eh nichts mehr machen können."

Lina Lechner gab ihm Hans' letztes Malzbier.

„Sie werden Durst haben."

Der ganze Ort war da, als Hans beerdigt wurde. Seine Mutter fühlte gar nichts. Die Nachbarin ging neben ihr her, den Sargträgern hinterher, die Gaffer im Schlepptau. Die Kirchenglocken läuteten so laut, dass man, wenn jemand gesprochen hätte, kein einziges Wort verstanden hätte. Ein kleines Mädchen stand etwas abseits unter einem Baum. Es schaute auf den Sarg und winkte. Es hielt dabei die Arme vor der Brust verschränkt und bewegte seine kleine rechte Hand, in dem es sie abwinkelte und hin- und herdrehte, so als wollte sie eine Glühbirne in eine Fassung drehen.

Hans hätte das gefreut.

Unklare Verhältnisse

Sie war eine Frau, der Hunde folgten. Überall auf der Welt. Hafenhunde auf Sizilien, Streuner in Lublin, Strandköter in Thailand, Ondulierte in Los Angeles. Große, kleine, dicke, dünne, hässliche, schöne, räudige, geschundene, verhätschelte, dreibeinige, missbrauchte, erfahrene, dumme, einsame. Eben noch dösten sie vor Kathedralen, kläfften Mopeds hinterher, warteten ergeben vor Supermärkten oder buddelten Krater in Sanddünen – und dann waren sie auch schon bei ihr, beschnüffelten sie freundlich, begleiteten sie, standen ihr nah und wollten für immer bei ihr bleiben. Hunde, die angeleint waren, begannen heftig zu ziehen, bevor sie ihr nachheulten. Sie begriff nicht, warum das so war, aber sie wusste: Es war ihr Trost. Die Hunde waren das, was sie hielt. Letztlich.

Ihr Name war Vera. Sie war schön, aber sie wusste es nicht. Nicht durch eigene Erfahrung oder die Mitteilung anderer. Sie hatten es ihr oft gesagt. „Du bist schön." „Wie schön du bist." „Mein Gott, bist du schön." „Du Schöne." Aber was die Männer sagten, änderte nichts an ihrer Unkenntnis. Die Bedeutung ihrer Worte kam bei Vera nicht an – unabhängig davon, dass sie wahr waren. Nicht in eines ihrer schönen Ohren geflüstert, in ihren Nacken geraunt, in ihren Mund gestöhnt, in die Nacht geschrien. Auch die Worte, die ungesagt blieben, die geatmeten, die geleckten, die geküssten und gebissenen – sie empfing sie nicht.

Für die meisten Männer war das allerdings nicht das Problem. Sie bemerkten es nicht mal. Und die wenigen, die es bemerkten, wunderten sich – bestenfalls –, dass sie nichts erwiderte. Dass sie nie etwas erwiderte. Wie schweigsam sie war. Und wie hingegeben dagegen ihr Körper, den sie lieben durften, so wie sie es wollten. Einer in all diesen Jahren bezog Veras Stille auf sich und litt. Ein anderer schlug sie. Nur einer. Und einer, der dachte, er begreife sie, sagte hingerissen, wie zu sich selbst, aber auch um ihr ein aufrichtig und liebevoll gemeintes Kompliment zu machen: „Weißt du was? Du bist eine Fickfrau. DAS bist du. Du Schöne. Du SCHÖNE."

Jeder Zweite sagte, er liebe sie, und ein Drittel der Männer, die das sagten, meinte es auch so. Die meisten konnten allerdings nicht lieben. Alle nicht, bis auf einen. Vielleicht.

An dieses „Fickfrau" musste sie denken, als sie ihr Einreiseformular für Costa Rica ausfüllte. Bei

240

„Occupation" schrieb sie grundsätzlich „autodidact".
Keiner hatte jemals nachgefragt, was es damit denn
auf sich habe. Natürlich nicht. Einreiseformulare,
überlegte sie gerade, las sowieso ganz bestimmt niemand, nirgendwo auf der Welt, ausgenommen in
Nordkorea vermutlich, aber dort war sie noch nie
gewesen und dort wollte sie auch nicht hin. Vera war
auch sonst so gar keine Lügnerin. Auf Nachfrage
hätte sie also gesagt: Ich bin tatsächlich Autodidak-
tin. Und dann, wenn die hochgezogenen Augenbrauen eines Zollbeamten weitere Ausführungen
erfordert hätten: Weil ich mir das Leben selbst bei-
gebracht habe. Ist ja auch nichts Besonderes, hätte
sie noch hinzufügen können. Wenn sie gerne gesprochen hätte. Sie wusste schließlich, es ging allen so.
Das Leben. Man brachte es sich selbst bei. Den einen
half Gott dabei, den anderen die Gier, der Alkohol,
der Kanarienvogel, die völlige Selbstüberschätzung,
die Gewohnheit, die Dummheit, der Bausparver-
trag, der Lottogewinn, die Großfamilie, das Single-
Dasein, Mord, Totschlag, Egoismus, die Wissen-
schaft, die Kunst, die Liebe, was auch immer. Vera
schaffte es mit der Hilfe von Männern, die sie le-
bensabschnittsweise bezahlten, und Hunden, die ihr
nachliefen. Sie war ein ehrlicher Mensch. Sie hatte
eines Tages aus bloßem Selbstschutz damit aufhören müssen zu lieben. Sie hatte eine Tochter, zu der

sie keinen Kontakt mehr hatte, und einen Ex-Mann, der sie hasste. Sie hatte lernen müssen, ein stiller Mensch zu sein.

Veras Lebensabschnitte waren im kürzesten Fall vier Wochen, im längsten sechs Monate lang. Sie besaß einen großen edlen Koffer und war Mieterin einer Garage in Freiburg, in der sie Kleider in Plastikschränken lagerte.

Von Weitem sah die Isla Tortuga tatsächlich wie eine Schildkröte aus.

„Brauchst du noch irgendwas aus der Kabine, mein Schatz? Ich muss noch mal schnell runter." Mike strahlte sie an. Vera sah die Gläser ihrer Sonnenbrille sich in seinen spiegeln. Zwei riesige Stubenfliegen. Zwei riesige braungebrannte Stubenfliegen. Zwei riesige braungebrannte sonnenbeschienene Stubenfliegen.

„Nein, danke. Ich hab alles."

Sie nahmen den ersten Tender zur Insel. Er hielt ihre Hand, als sie ins Boot stieg. Er war noch immer total verrückt nach ihr. Es würde ihre letzte gemeinsame Reise sein und er und sie wussten das. Sie genossen sich.

Gegen Mittag kamen Tagesausflügler vom Festland auf die Insel. Sie machten das letzte winzige bisschen Robinson-Crusoe-Utopie zunichte und erklärten den Müll, der als Gürtel um die Insel schwamm, die Schlieren im Meer, den gelben Schaum am Strand. Sie kamen zu Hunderten auf riesigen Katamaranen und fielen wie die Heuschrecken über die Insel her. Ein Mann mit Megafon wies dem Besuchernachschub den Weg zum Restaurant. Eine Band begann zu spielen. Die Musiker übertönten die Schreie der Papageie, die Rufe der Kinder, das Gekreische der Badenden, der sich Betrinkenden, selbst den Lärm der Jetski. Vera und Mike beschlossen, zur Nachbarbucht zu schwimmen.

Die ersten Meter stellten sich als die schwierigsten heraus. Zu viele Boote versperrten ihnen den Weg und bargen die Gefahr, übersehen und überfahren zu werden. Die heiße Luft stank nach Benzin. Sie stand über dem Wasser wie eine unauflösliche Reizgaswolke. Die beiden schwammen in etwas Abstand voneinander, Mike voraus, beide mit kräftigen schnellen Zügen. Vom äußersten Rand der Felsen aus überschaute eine Madonnenfigur das ganze Elend in der Bucht. Vera begann Wasser zu treten. Die Figur versöhnte sie ein bisschen, machte sie aber auch traurig.

Mike sah sich nach Vera um.

„Was hast du?", rief er ihr zu, „alles okay?"

Er fuhr sich mit der Hand über den glattrasierten Schädel. Wasser tropfte von seinen langen Fingern.

Vera deutete auf die Statue und Mike sah nach oben.

„Schön!", rief Vera.

„Findest du?", schrie er zurück, und dann: „Passt irgendwie nicht hierher."

Er drehte sich wieder um und sie schwammen weiter.

Sobald sie den Felsen umrundet hatten, die Musik nicht mehr zu hören war und die einsame Nachbarbucht wie eine optische Täuschung und eine von Gott ins Meer geworfene Attrappe vor ihnen lag, wurde das Wasser sofort klarer. Zwei Pelikane glitten über sie hinweg. Vera beeilte sich. Schließlich tauchte sie die letzten paar Meter bis zum Strand. Mehr als dass sie sie sah, erahnte sie Wolken kleiner Fische. Sie spürte ihr Haar hinter und um sich wogen wie eine Schleppe, die sie zum Grund zog. Sie hatte Mike unterwegs eingeholt und lachte beim Auftauchen.

„Erste!"

Er lachte auch und kam näher.

„Warte", sagte er, als sie sich umdrehen wollte und Anstalten machte, den Strand zu betreten.

Mike ging zwei große Schritte auf Vera zu, griff nach ihrer Hand, umfasste mit beiden Händen ihre Hüften, zog sie an sich, küsste sie, strich ihr mit den Daumen über die Augenbrauen, küsste sie wieder,

244

sagte, „ich liebe es, wenn du so nass bist", presste sich an sie, fuhr mit seiner Zunge noch einmal in ihren Mund, drückte ihre Pobacken, hob ihre Brüste aus dem Bikinioberteil, bebte.

Später sagte er dann: „Heirate mich."

Sie drehte sich vom Rücken auf den Bauch, ließ Sand durch ihre Finger rieseln, schaute erst aufs Meer und dann auf seinen Mund, der lächelte.

Sie hatte Mike gern.

„Du bist schon verheiratet", erwiderte sie.

„Mir egal."

Das stimmte nicht, spielte aber auch keine Rolle. Auch das wussten sie beide.

Auf der Insel hatte die Band inzwischen aufgehört zu spielen. Um einen der Liegestühle hatte sich ein Menschenauflauf gebildet. Was Vera auf keinen Fall sehen wollte: einen dicken Urlauber, den ein Herzinfarkt hatte blau anlaufen lassen. Ein totes Kind. Ein ausgekugeltes Schultergelenk. Oder irgendetwas, das blutig war. Sie blieb neben ihrem Handtuch stehen und schaute Mike hinterher. Ihn hätte all das interessiert – ein dicker Urlauber, den ein Herzinfarkt hätte blau anlaufen lassen, ein totes Kind, ein ausgekugeltes Schultergelenk oder irgendetwas, das blutig war. Es war nichts dergleichen. Mike winkte Vera hektisch zu sich.

„Komm, schnell! Vera!" Er klang hysterisch. „Jetzt komm!"

Unter einem der Liegestühle waren Schildkröten geschlüpft. Dutzende von kleinen grauen, steinalt aussehenden Babys, die sich, kaum dass sie sich freigekämpft hatten, wie ferngesteuert auf ihren Weg zum Meer machten. So als hätten sie diese Strecke schon hundertmal zurückgelegt. Lang war dieser Weg und wegen der totalen Ebbe sehr mühsam. Die Schildkröten sahen aus, als zögen sie in den Krieg. Sie quälten sich durch eine Wüste aus unzähligen schier unbezwingbaren Dünen und tiefen Tälern. Manche kippten dabei zur Seite oder auf den Rükken und blieben mit den Beinen schwerfällig rudernd liegen. Wo der Sand in harten Boden überging, säumten Muscheln den Weg der Tiere, dort kamen ihnen Plastikgabeln in die Quere, Steine und Kronkorken, leere Coke-Zero-Dosen. Je näher sie dem Meer kamen, desto erschöpfter wirkten sie, desto langsamer wurden sie.

Die meisten Urlauber hatten ihre Kameras gezückt, ihre Handys, ihre iPads und iPhones. Sie gerieten völlig aus dem Häuschen vor Staunen und Rührung. Amerikaner, Spanier, Italiener, Inder, Deutsche, Franzosen, Engländer – alle vereint in einem einzigen „Oh, my GOD!" Manche warfen sich neben die Schildkröten in den Sand, um mit dem Handy

246

Fotos von sich und einem der Tiere zu schießen, junge Frauen mit Kussmündern oder Schmolllippen, Halbstarke, die rechte Hand zum „Peace"-Zeichen ausgestreckt. Feixend. Vera wurde übel, als sie es sah. Sie hatte Menschen so satt. Solche Menschen. Als die ersten Tiere das Meer erreichten, brach Jubel aus. Eine sehr dünne Frau weinte bitterlich.

„Please, do not touch them", schrie jetzt der Typ durchs Megafon. „They have to do it on their own." Einige halfen bei umgekippten Exemplaren aber doch nach. Der Zug der Schildkröten – er schien kein Ende nehmen zu wollen.

Nach zehn Minuten etwa, Mike war schon zu ihrem Platz zurückgegangen und die Menge hatte sich bereits verlaufen, kamen die großen Vögel, Pelikane und Fregattvögel, scharenweise. Sie stießen wie Pfeile durch die Wasseroberfläche und schnappten sich die Babys. Die Urlauber, die es sahen, kreischten erschrocken auf, einige rannten ins Meer, spritzten Wasser nach oben, schwenkten Mützen, schrien verzweifelt, begleiteten die Schildkröten schwimmend, bis sie diese in Sicherheit wähnten, weiter nach draußen, ganz weit nach draußen. Aber die Vögel nahmen sich ihren Anteil.

„Only one, maybe only one of them will survive", sagte der Typ mit dem Megafon jetzt leise zu Vera, die neben ihm stand, „only one". Er schaute hinunter auf die Schildkröten im Sand, die sich noch immer vereinzelt auf den Weg ins Verderben machten, dann auf Veras Brüste.

„Nice talking to you", fügte er hinzu. Er grinste dümmlich.

Dann drehte er sich um und drückte den Knopf am Megafon.

„Time to leave, folks", schepperte es über den Strand.

Die riesigen Katamarane, die die Tagestouristen gebracht hatten, standen schon in einigen Metern Abstand abholbereit, der erste setzte sich gerade in Bewegung.

„Und wann gehen wir?" Mike war wieder zu Vera geschlendert.

„Erst wenn die alle weg sind, okay? Lass uns den letzten Tender nehmen. Um fünf. Okay?"

„Okay."

Noch immer kreisten die Vögel über der Brandung, noch immer stieß einer ab und zu ins Wasser. Keine einzige Schildkröte war mehr am Strand zu sehen.

Der erste Katamaran legte an. Junge Männer sprangen von Bord, landeten im knietiefen Wasser und brachten mit wenigen schnellen Handgriffen eine klapprige Gangway an. Der Typ mit Megafon wies die Leute an, sich zu beeilen und in Zehnergrüppchen barfuß an Bord zu kommen. „Ten", schrie er immer wieder, „only in groups of ten." Es ergab keinerlei Sinn. Einer der Männer, die die Gangway vorbereitet hatten, kontrollierte jetzt die orangefarbenen Plastikbänder am Handgelenk der Tagesausflügler, ein anderer spritzte die sandigen Füße der Passagiere auf der Schräge nach oben mit einem neongelben Wasserschlauch ab.

„Da passen ja Hunderte drauf", staunte Mike.

Vera und Mike hatten sich auf ihre Handtücher gelegt, halb aufeinander. Mike beobachtete den Abzug der Massen auf dem Rücken liegend mit aufgestützten Ellenbogen.

„Sind sie weg?" Geflüstert.

Vera hatte die Augen geschlossen.

„Noch lange nicht."

„Wie furchtbar."

Sie war müde. Ihr Kopf lag auf Mikes harter Bauchdecke. Sie hörte es glucksen und rauschen in ihm. Sie mochte diese Geräusche. Mikes Geräusche. Woran sie sich nie hatte gewöhnen können, war sein Geruch. Er war metallisch und unangenehm, als ob er krank wäre. Oder eines Tages ein sehr kranker Mann sein würde. Sie roch diesen Geruch durch die Sonnencreme hindurch. Der Geruch von Metall würde sie immer an Mike erinnern, der Geruch von Blut. Jedes Mal, wenn sie in den Jahren, die noch kamen,

Blut riechen sollte, war sie wieder bei ihm und genau dort. Auf der Isla Tortuga. Worüber sie mit Mike gesprochen hatte, würde sie dann längstens vergessen haben.

„Nichts ergibt Sinn", murmelte Vera, „das Leben. Es ergibt keinen Sinn."

„Wie kannst du das sagen?" Mike schüttelte den Kopf. „Uns beiden geht's doch wahnsinnig gut gerade. DAS ergibt Sinn. Das IST der Sinn."

„Dass es UNS gut geht? Interessant." Vera war schon fast eingeschlafen.

„Dass man es sich hin und wieder gut gehen lässt." Mike seufzte. „Du weißt schon, wie ich's meine. Dass das Leben zu kurz ist für Trübsinn."

„Sagte die Schildkröte."

Dann war sie eingeschlafen.

Er konnte später nicht mehr sagen, wann sie ihm zum ersten Mal so sehr aufgefallen war, dass er sie daraufhin immer und überall mit den Augen suchte. Wann genau. Was er aber noch sehr genau wusste: seit der Rückfahrt von der Isla Tortuga hatte er sie haben müssen.

Es war die Art, wie sie sich bewegte. Dieses Katzenhafte. Wie sie dasaß. Ihre anmutige Anspannung. Es war ihr Haar, ihre langen Beine, die Bräune ihrer Haut, die blonden Härchen auf ihren Unterarmen.

250

Es war die Art, wie sie beim Lachen den Kopf zurückwarf, wie sie diesem Mann die Hand hielt. Es war der Neid, den er empfand. Es war der schiere Hass, den er spürte, weil ein anderer Mann besaß, was er so plötzlich und so sehr haben wollte. Er fasste einen Plan, er setzte ihn um. Beim Umsteigen aufs Segelschiff war er vor ihr und ergriff ihren Arm, als ob er ihr helfen wollte beim Balancehalten. Vera brauchte keine Hilfe.

„Danke, es geht schon", sagte sie lächelnd.

Er sagte: „Ich heiße Peter." Er lächelte nicht dabei. Seine Augen blieben starr.

So funktionierte es im besten Fall: Vera wurde angesprochen.

Es war so viel einfacher zu bewältigen als der zeitraubende Aufwand mit Anzeigen in überregionalen Tageszeitungen.

Vera war es so am liebsten. Wenn sie angesprochen wurde. Oder wenn man über sie sprach, Mund-zu-Mund-Propaganda.

Es verringerte zudem die Gefahr, an einen Irren zu geraten – es machte sie allerdings auch nicht ganz zunichte.

„Ich denke, dieser Peter ist der Nächste", sagte Vera später, während sie sich fürs Abendessen umzogen.

„Ach, ja?"

Mike war hart im Nehmen, aber das war entschieden mehr, als er aushalten wollte. Obwohl er wusste, dass ihr Vertrag auslief.

„Möchtest du gleich zu ihm in die Kabine ziehen oder haben wir noch ein paar Stunden?" Er packte Vera an den Oberarmen. Er schüttelte sie. „Sag!" Ein Spuckefaden traf Vera an der Nase.

„Sag du es mir." Sie blieb sehr ruhig.

„Aber ich liebe dich", schrie Mike.

Vier von fünf Arbeitsverhältnissen endeten so. Es war das Schwierigste an Veras Selbstständigkeit.

Sie nahm Mike in die Arme und hielt ihn sehr fest.

In Granada kam es ihr noch heißer vor als in den Tagen zuvor. Sie war alleine. Sie wollte niemanden sehen, den sie kannte. Es war Markttag und die Straße, auf der sie ging, voller Menschen und Stände, an denen es Lebensmittel zu kaufen gab, die Europäern den Appetit verdarben. Es roch nach Fisch und Fleisch und Blumen und Schweiß. Von irgendwoher kam laute Chartmusik. Die Leute mussten einander anschreien. Ein kleiner weißer Hund schnüffelte an Veras Knöchel. Sie beugte sich zu ihm hinunter. Er hatte kluge freundliche Augen. Sie kraulte ihn hinter den Ohren und dann flüsterte sie: „Na? Na, du?"

Petra Nikolić
Die Frauen meines Lebens

Von acht unterschiedlichen Charakteren erzählt die Autorin, die mit der Erzählung „Meine Clarissa" den Literatur-Wettbewerb der Süddeutschen Zeitung gewonnen hat; von geheimnisvollen Mädchen und Frauen in der Mitte und am Ende des Lebens – unterschiedliche Erinnerungen, die mal süß, mal bitter schmecken, Geschichten der Großmütter, die aus dem Krieg heimkehren und sich fragen, was von ihren Sehnsüchten bleibt, Liebesgeschichten, die nur für Augenblicke den Duft vom Glück bringen, Freundschaften, die sich zwischen Lebensbahnen verlieren.

Petra Nikolić studierte Publizistik, Philosophie, Amerikanistik. Sie arbeitete als Redakteurin bei deutschen und britischen Radiosendern, bis sie begann, als freie Journalistin u. a. für Zeit, Rheinpfalz, Rhein-Neckar-Zeitung, Westfälische Nachrichten sowie Frankfurter Neue Presse zu schreiben.

„Starke Frauen, bewegende Geschichten."
SÜDDEUTSCHE ZEITUNG

„Die Autorin schafft es, uns von der ersten Seite an in einen Bann zu ziehen, aus dem wir uns erst mit der letzten Seite lösen können. Berührend und wunderschön!"
HAPPINEZ

2. Auflage, gebunden, Schutzumschlag, 196 Seiten
Lindemanns Bibliothek, Bd. 198, 16,80 Euro
ISBN 978 3 88190 728 6

www.infoverlag.de

Eberhard Raetz
Auf dem Schlappseil

Das Familienessen verläuft fast ohne Zwischenfall. Der Sohn tischt Köstlichkeiten aus Damaskus auf. Die Enkel spielen ebenso friedlich. Das Idyll am Lac Léman ist nahezu perfekt, als die Tochter beim Abräumen des Tisches wieder das Zittern der linken Hand ihres Vaters bemerkt. „Was ist eigentlich los mit dir?" Dem passionierten Ausdauersportler war bereits seit einiger Zeit sein unsicherer Tritt aufgefallen. Diagnose: Morbus Parkinson.

100 tagebuchartige Skizzen hat *Eberhard Raetz* zu einer ungewöhnlichen Erzählung verwoben. Mit Paper cuts und literarischen Exkursionen inszeniert er kein Lamento über eine Krankheit, sondern legt einfühlsame Momentaufnahmen seines Protagonisten vor. Der Diplom-Chemiker war viele Jahre als Technischer Direktor eines Nahrungsmittelkonzerns weltweit unterwegs, u. a. länger in Italien, Spanien und Südamerika. Der Verfasser mehrerer Romane und Reisebücher lebt heute als Schriftsteller in Vevey, Schweiz.

„Berührend und überraschend.
Ein mutiges Buch."

H. GEBHARDT

gebunden, Schutzumschlag, 240 Seiten
Lindemanns Bibliothek, Bd. 247, 16,80 Euro
ISBN 978 3 88190 852 8

www.infoverlag.de

Lindemanns Bibliothek, Band 301
herausgegeben von Thomas Lindemann

© 2017 · Info Verlag GmbH
Alle Rechte vorbehalten.
Nachdruck ohne Genehmigung
des Verlages nicht gestattet.
ISBN 978-3-88190-987-7
www.infoverlag.de